PAPOULA VERMELHA

MELISSA TOBIAS

PAPOULA VERMELHA

:ns

SÃO PAULO, 2023

Papoula vermelha
Copyright © 2023 by Melissa Tobias
Copyright © 2023 by Novo Século Editora Ltda.

EDITOR: Luiz Vasconcelos
GERENTE EDITORIAL: Letícia Teófilo
ASSISTENTES EDITORIAIS: Gabrielly Saraiva e Fernanda Felix
PREPARAÇÃO: Marina Montrezol
PROJETO GRÁFICO E DIAGRAMAÇÃO: Lucas Luan Durães
REVISÃO: Flávia Cristina Araujo e Juliana Fortunato
ILUSTRAÇÃO DE CAPA: Paula Monise
COMPOSIÇÃO DE CAPA: Gabrielly Saraiva e Lucas Luan Durães

Texto de acordo com as normas do Novo Acordo Ortográfico da Língua Portuguesa (1990), em vigor desde 1º de janeiro de 2009.

Dados Internacionais de Catalogação na Publicação (CIP)
Angélica Ilacqua CRB-8/7057

Tobias, Melissa
  Papoula vermelha / Melissa Tobias. -- Barueri, SP : Novo Século Editora, 2023.
  192 p. : il.

ISBN 978-65-5561-482-4

1. Ficção brasileira 2. Ficção científica I. Título

23-0492	CDD B869.3

Índices para catálogo sistemático:
1. Ficção brasileira 2. Ficção científica

GRUPO NOVO SÉCULO
Alameda Araguaia, 2190 – Bloco A – 11º andar – Conjunto 1111
CEP 06455-000 – Alphaville Industrial, Barueri – SP – Brasil
Tel.: (11) 3699-7107 | E-mail: atendimento@gruponovoseculo.com.br
www.gruponovoseculo.com.br

Dedicado à Sol que habita em mim.

"*Que tempos penosos foram aqueles anos – ter o desejo e a necessidade de viver, mas não a habilidade.*"

Misto-quente, de Charles Bukowski

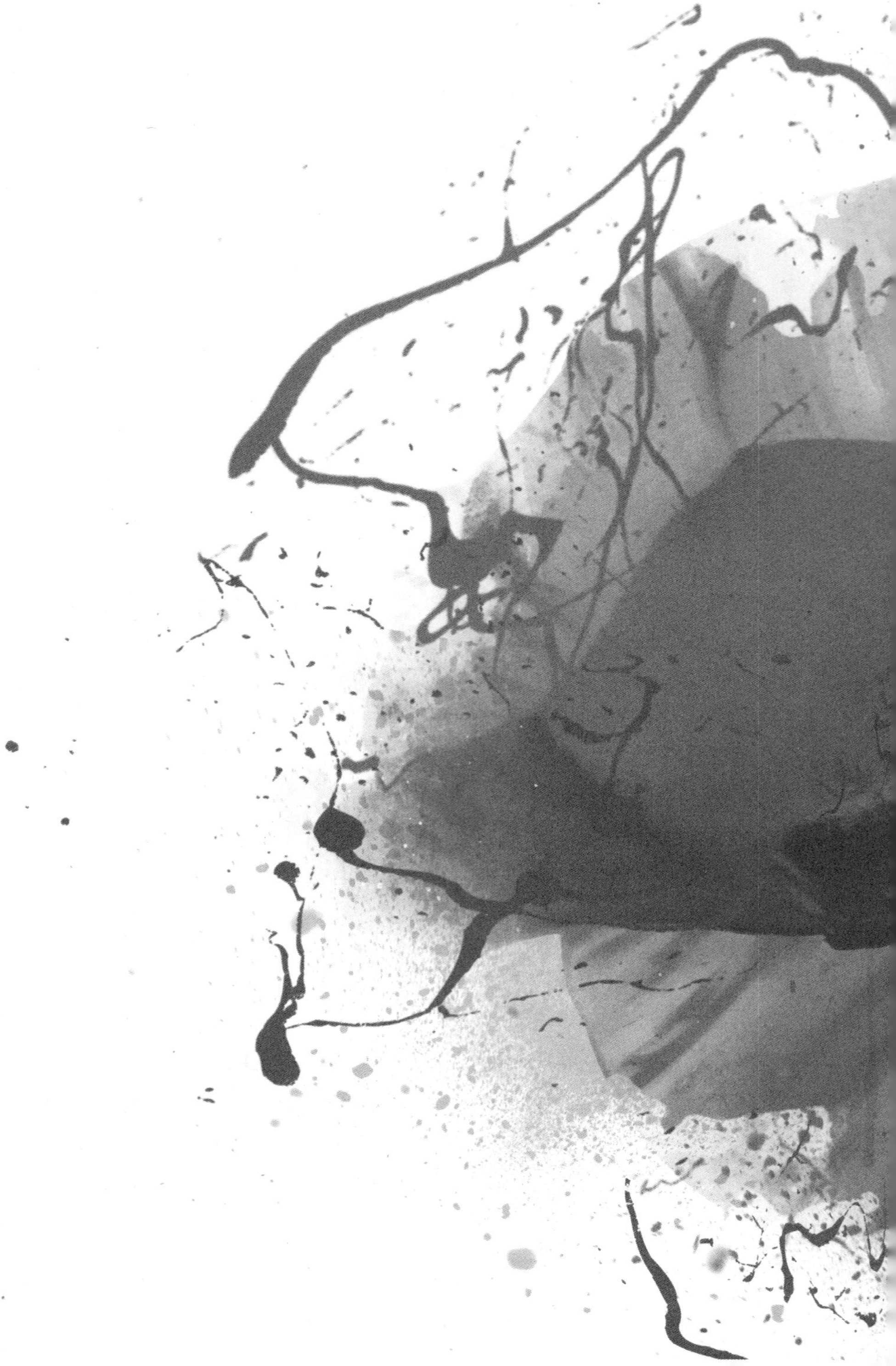

1

Fazia quase dois anos que meus pais tinham me internado no melhor hospital psiquiátrico de São Paulo. Era o hospital mais caro do país, mas não era a questão financeira que incomodava minha mãe, pois ela e meu pai tinham dinheiro de sobra para pagar minha internação sem prejudicar as finanças da família. Minha mãe é herdeira de uma rica família paulista, e meu pai, um grande executivo do mercado de construção. O que a incomodava era que o tratamento não estava surtindo nenhum efeito. Não que ela se preocupasse com a minha saúde mental, ela estava preocupada com a própria imagem de *socialite*. Não caía bem para ela ter uma filha louca internada num hospício.

Nenhum tratamento surtia efeito para melhorar meu estado depressivo e minha sensação de vazio existencial. Os medicamentos ajudavam de certa forma, transformando-me em zumbi, mas não curavam a depressão.

Tudo começou na puberdade. Bem, na verdade, começou bem antes disso.

Eu nunca fui uma criança alegre. Não que eu me lembre. Nada me deixava entusiasmada. Acho que sou depressiva desde sempre. Já nasci querendo morrer, literalmente, com o cordão umbilical enrolado no pescoço, o que quase me matou sufocada. Sempre fui aquele tipo de criança quieta, reservada e triste. "Você tem tudo para ser feliz, não sei por que vive com essa cara de triste", dizia minha mãe. Eu ouvia essa crítica constantemente. Como se ser triste fosse uma escolha minha, culpa minha. Ninguém escolhe ser infeliz. Ela não entendia que minha depressão não era por falta de vontade de ser feliz, era uma força maior do que eu, que me puxava para o inferno da existência.

Tudo piorou na adolescência. Comecei a questionar a sociedade e tudo ao redor, até que percebi quão injusta e cruel era a realidade. Eu me sentia um peixe fora d'água, sem pertencimento àquele mundo insano onde somente os gananciosos, como meu pai, chegavam ao poder. Corrupção, crueldade, consumismo, maledicência, enfim, o mundo estava ao contrário e ninguém percebia. Mas eu, sim. Estava tudo errado. Como eu poderia ser feliz com o caos alastrado ao meu redor? Pessoas matando golfinhos por pura diversão, desmatando florestas, deixando crianças passarem fome na Somália, sem falar do mecanismo de política existente no mundo. A vida era sofrimento, dor, injustiça, uma vida sem sentido. E eu só queria deixar de existir neste mundo.

Foi num dia chuvoso de outono que aconteceu pela primeira vez – o motivo da minha primeira internação. A minha alma morreu, desapareceu, foi abduzida. Eu estava morta por dentro, anestesiada, sem vida, não me importava com mais nada nem me dava ao trabalho de me levantar da cama. Com qual propósito? Nem os tapas que minha mãe me deu no rosto me tiraram daquele estado de torpor. Eu não sentia nada, e esse era meu conforto, minha fuga da realidade. Minha mente se desligou para me salvar de um suicídio, eu acho. Na verdade, não sei o que me levou àquele estado catatônico. Minha mãe culpava a genética do meu pai, pois o pai dele, meu falecido avô, sofria de depressão e se suicidou com um tiro na cabeça. Minha mãe gostava de culpar a genética do meu pai pela minha falta de vontade de ser feliz; isso a livrava de qualquer responsabilidade com relação à minha doença.

A verdade é que eu vinha piorando, dia após dia, ao longo dos doze anos de minha existência, até chegar num ponto em que a minha mente se desligou. Não houve um momento de "foi a gota d'água", pois o copo estava vazio, sempre esteve.

Naquela época a internação funcionou, os medicamentos funcionaram. Quer dizer, funcionaram no sentido de me tirar do estado catatônico, mas não no sentido de preencher o buraco que eu sentia nas profundezas da minha alma. E, já que eu não podia vencer aquela dor profunda, juntei-me a ela.

Primeiro comecei a me interessar pela morte, por filmes de terror, livros góticos, caveiras, vampiros, o capeta e coisas do tipo. Eu mesma pintei de preto todas as paredes do meu quarto; queria tudo preto, queria que a luz do sol se apagasse. Aos poucos fui me tornando gótica. O meu estilo representava o estado da minha alma, que era a escuridão da profundeza abissal do inferno. Não que todos os góticos sejam assim. Mas eu era. A minha mãe repudiava meu estilo, até chorou quando viu as paredes do meu quarto pintadas de preto, mas eu não me importava, eu estava morta por dentro e não ligava para suas críticas moralistas e todo o drama que ela fazia com tanta habilidade. O meu pai nunca estava presente, então nem sei o que ele pensava do meu estilo gótico e da minha doença mental.

O tempo foi passando, e eu continuei vagando pela vida como zumbi, sem amigos na escola, sem vontade de viver. O meu único interesse era a morte. Mas, não, nunca tentei me matar, não foi esse o motivo da minha segunda internação. Os remédios deixaram de fazer efeito, só isso. A dosagem foi aumentando até chegar a um ponto em que o médico ficou preocupado. Ele já havia tentado de tudo, e a psicoterapia de nada estava ajudando. Eu odiava terapia, pois me sentia exposta, sendo avaliada e analisada. Simplesmente odiava. Era obrigada a fazê-la. Nem sei por quantos terapeutas já passei. Foram muitos. Mas, enfim, a vontade de viver continuou se esvaindo e as dosagens dos medicamentos, aumentando, pois meu corpo pedia cada vez mais daquelas porcarias que amorteciam minha mente e sedavam as minhas emoções; porém, se eu tomasse uma dosagem maior do que já estava tomando, entraria em coma por overdose.

Eu nem me lembro do dia em que voltei a entrar em estado catatônico, mas sei que foi em 2035, aos 15 anos. Também não me lembro de como fui levada ao hospital. Acho que fiquei meses catatônica.

Minha mãe não queria mais ter uma depressiva gótica morta-viva dentro da sua luxuosa mansão, então, ela disse aos médicos que, enquanto não me curassem da depressão, não poderiam me dar alta. E ela tinha todo o poder (dinheiro) para isso. Assim foi. Por quase dois anos fiquei internada, e nada mudou. Eu me levantava, tomava banho, me alimentava, mas tudo meio que num estado zumbi de ser. Meu local seguro era a morte.

— Já faz quase dois anos que a Ayla foi internada, doutor Walder — disse minha mãe, na sua típica arrogância, frieza e ar de superioridade. — Não venha me dizer que não há nenhuma perspectiva de melhora. É impossível que não haja um tratamento — completou, irritada.

Eu estava com frio. O ar-condicionado jogava um jato de ar congelante bem na minha nuca, e aquele frio descia percorrendo todo o meu corpo. Era bom. Era melhor me concentrar na dor do frio do que na voz da minha mãe.

Eu estava sentada numa confortável poltrona, ao lado da minha mãe, diante da mesa do consultório do meu psiquiatra. Mantinha meus olhos focados através da imensa janela de vidro, que ia do piso ao teto, atrás do médico, que estava sentado em uma imponente cadeira presidencial branca. Era uma paisagem desoladora de uma cidade cinza e poluída; deprimente, como eu. O sol estava à pino no céu acinzentado de São Paulo. Devia estar quente lá fora. Uns trinta graus, talvez, ou mais. Mas, dentro daquele consultório moderno e elegante, na cobertura de um edifício de 35 andares, estava gelado, provavelmente para que o médico pudesse usar aquela camisa de manga longa cinza, gravata e terno cinza. Tudo era muito cinza e branco naquele lugar. Monótono. Faltava cor. Faltava vida. Em mim, no mundo, naquele consultório, em tudo. Gelado. Frio. Cinza.

— Justamente por isso solicitamos uma reunião com a senhora e seu marido. É uma pena que Rodrigo Francines não possa estar presente neste momento — lamentou o psiquiatra.

É óbvio que meu pai não estava presente. Ele nunca estava.

— Como deve imaginar, meu marido é um homem muito ocupado. Sou eu quem decide e resolve assuntos referentes à saúde da Ayla. Espero que tenha boas notícias ou ao menos me dê alguma esperança. Estamos pagando uma fortuna para este hospital, e soa incompetência que até agora não tenham conseguido ajudar minha filha.

A minha mãe sempre gostou muito de usar a palavra "incompetente". Os empregados da casa eram incompetentes; os brasileiros eram incompetentes; os prestadores de serviços, todos eles, eram incompetentes; meus professores eram incompetentes, pois não tinham êxito em fazer com que eu me interessasse pelos estudos. Eu era incompetente. Todos eram incompetentes para ela. Menos ela, é claro! A senhora frieza em pessoa era perfeita, um grande exemplo para a alta sociedade paulista.

Mas, naquele momento, a frieza estava no meu corpo, me congelando, eriçando os pelos dos meus braços, enquanto eles falavam de mim como se eu não estivesse ali presente e consciente, e era quase verdade que não estava mesmo.

Eu odiava aquela roupa de interna: camiseta e calça cinza, sem cinto, sem cordão, e sem nada que pudesse ser usado para eu me enforcar, e sapatilha cinza. Aquela roupa fazia eu me sentir vulnerável. Sentia falta do meu coturno preto, da calça jeans rasgada e de uma blusa de moletom preta, bem quente. Ah!, que bom seria ter uma blusa de moletom bem quente naquele momento.

Depois de algumas semanas internada, as enfermeiras desistiram de me pedir para lavar meu longo cabelo tingido de preto, então cortaram, bem curto, na máquina. Eu nem me lembro se elas pediram minha permissão para passar a máquina no meu cabelo. Acho que sim. Eu não me importava. O meu cabelo tingido de preto foi para o lixo; logo, só me restava o cabelo loiro escuro, natural, mantido bem curto, pois eu não tinha vontade de cuidar dele, então as prestativas enfermeiras passavam a máquina na minha cabeça com certa regularidade. O meu cabelo estava bem rente à cabeça, e o mortífero ar congelante do ar-condicionado estava direcionado bem à minha nuca exposta. Eu não me movi nem um centímetro para me salvar de um congelamento. Queria muito que aquele ar me congelasse para eu não ter mais que ouvir a voz da minha mãe.

— Tenho pesquisado muito o caso da Ayla, senhora Marta. Solicitei esta reunião, porque, desta vez, posso lhe dar uma esperança. No último congresso de psiquiatria de que participei, em Genebra, neste ano, conheci uma nova possibilidade de tratamento para depressão: um medicamento feito de nanopartículas de papoula vermelha integrado com a mais alta tecnologia nanorrobótica, capaz de induzir e modificar a interpretação da realidade. É a mais alta tecnologia no campo da medicina mental. E até agora as pesquisas demonstraram muita eficácia em casos de depressão como o da Ayla.

— Até que enfim! Então espero que esse remédio cure minha filha de vez, para que ela seja uma pessoa normal. Você não faz ideia do quanto essa situação é difícil para mim — ela disse, fazendo o que sabia fazer de melhor: se colocar no papel de vítima. E então fiquei me perguntando: o que seria ser uma pessoa normal para ela? Provavelmente, dentro dos parâmetros dela do que é ser normal, eu teria que deixar de ser quem eu sou para alcançar esse objetivo. Ou seja, só morrendo e nascendo outra no lugar.

— O problema, senhora Marta, é que esse medicamento ainda está em fase de teste e levará anos até passar por todas as pesquisas necessárias e ser liberado para comercialização. Mas eu fiz meus contatos, e é possível, com a sua autorização e a do seu marido, colocar Ayla no grupo de teste para receber o tratamento — disse o médico, animado, como se me usar como cobaia de uma droga não testada fosse algo muito bom.

— Contanto que Ayla não corra risco de morte ou piore, você tem a minha autorização — disse minha mãe, sem se importar em perguntar a minha opinião ou sobre o tratamento.

— A chance de morte é mínima. Mas ainda não há tempo o bastante de testes para termos certeza dos efeitos colaterais. É por isso que precisamos da assinatura dos responsáveis.

— Que seja. Eu não quero esperar. Nós vamos assinar a autorização. E espero que comece o tratamento o quanto antes — disse minha mãe, olhando a tela do iPhone dourado. Ela estava com pressa, devia ter algum compromisso importante com a massagista ou a manicure. Ela só queria ir embora, pois odiava hospitais, por mais elegantes que fossem.

– E quanto a você, Ayla? – Finalmente meu psiquiatra perguntou minha opinião. – Você aceitaria fazer parte do grupo de teste de um novo tratamento?

Como eu poderia dar uma resposta se eu não tinha detalhes do tratamento? Como a minha mãe pode ter dado uma resposta tão rápida sem perguntar detalhes do tratamento?

– O ópio é feito de papoula. Então deve ser bom. Eu aceito – respondi.

– O nome do novo medicamento em fase de teste, feito de papoula, é Poppy. Ele não tem o mesmo efeito do ópio. E não será comercializado como uma droga ilícita, mas sim como um medicamento controlado. Entenda, a papoula pode ter propriedades tóxicas ou medicinais dependendo da dosagem e da forma de preparo e utilização. A Poppy a ajudará a interpretar a realidade de forma mais clara, ao contrário do ópio, que é utilizado como uma fuga da realidade – explicou o doutor Walder.

– Legal – eu disse. Eu não me importava.

Na verdade, ninguém se importava. Fingiam se importar, mas não se importavam. A minha mãe queria ter uma filha saudável, pois não era bom para a imagem dela ter uma filha gótica depressiva. O meu pai explicitamente não se importava. Os médicos queriam vender remédios e ganhar dinheiro, e isso era mais importante do que o bem-estar das pessoas. E eu também não me importava comigo mesma.

E foi assim que virei cobaia da Poppy, que mudou minha vida para sempre.

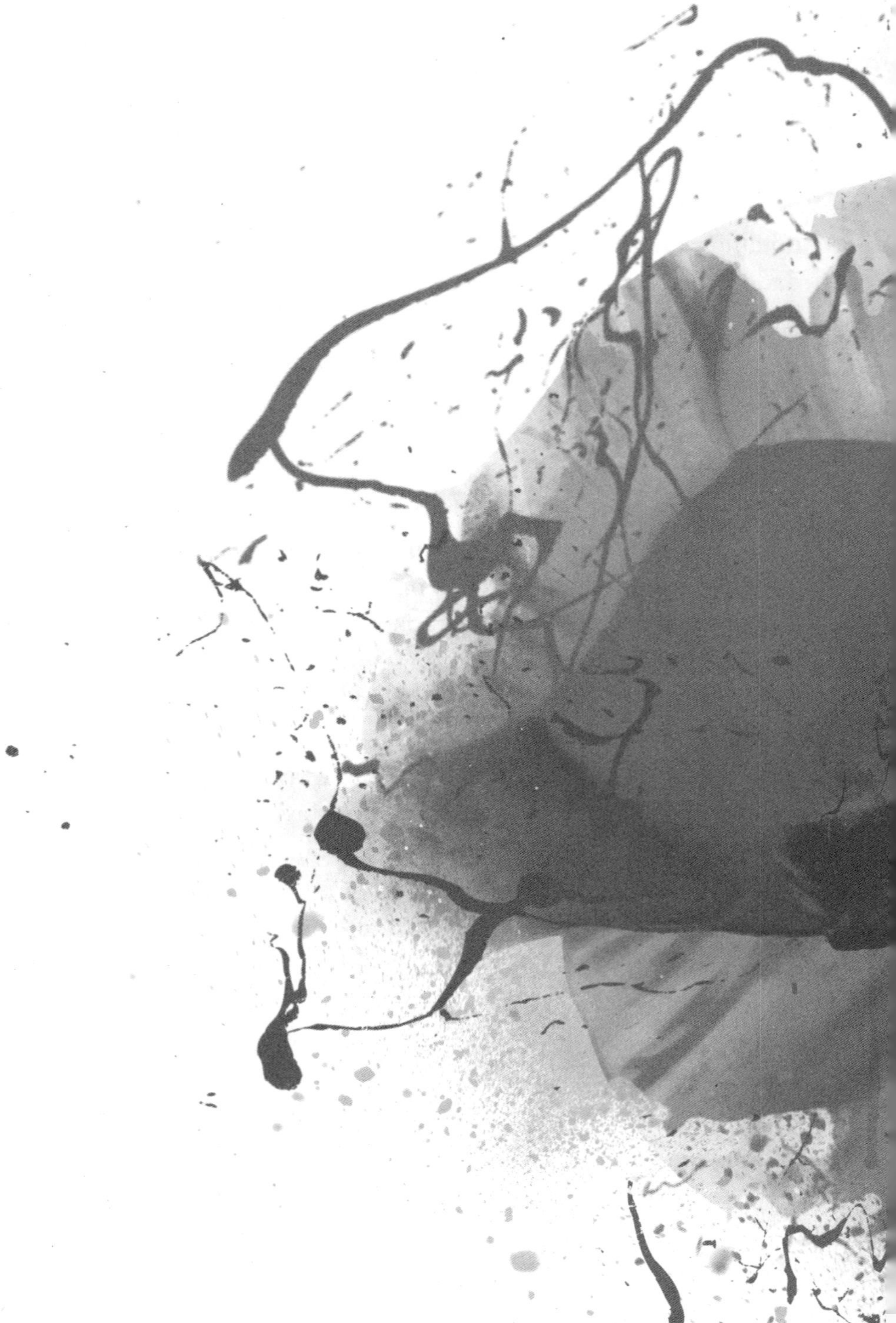

2

Passaram-se três dias da reunião. Estava decidido: eu seria cobaia de um novo medicamento para depressão chamado Poppy. Os meus pais não hesitaram em assinar um documento de autorização de mais de dez páginas, permitindo que eu fosse cobaia de uma droga experimental que mexeria no meu cérebro. Eles nem ao menos se importaram em questionar a possibilidade de algo dar errado. Eu sabia que para eles era melhor ter uma filha morta do que uma filha gótica depressiva internada num hospício, então, na verdade, a conduta deles não me surpreendeu. Eu me surpreenderia caso eles demonstrassem se importar, se demonstrassem algum amor.

Fiz vários exames para os médicos se certificarem de que minha saúde física estava boa o suficiente para eu receber o medicamento experimental. Havia toda uma equipe médica acompanhando meu caso, bem interessada no rato de laboratório que eu me tornei. O próprio farmacêutico alemão que desenvolveu a tal Poppy estava presente para acompanhar e orientar a aplicação do medicamento em mim. Seria uma dose única, um colírio nos olhos.

O meu psiquiatra me explicou que, pelo colírio, nanorrobôs inteligentes levariam a substância feita de papoula vermelha para partes do meu cérebro que gerenciavam a percepção da realidade. Não entendi direito. O que entendi é que eu teria um tipo de alucinação, mas o médico não chamou de alucinação, ele chamou de experiência perceptiva expressa pelo inconsciente, e então eu teria uma percepção diferente da realidade. A Poppy me conectaria com uma parte mais sábia da minha mente, e essa parte mais sábia da minha mente é que iria me curar. Entendi também que a experiência que eu teria com a Poppy seria percebida como sendo muito real. "A realidade nada mais é do que a forma como percebemos e reagimos às coisas. Não vemos as coisas como elas são. Vemos as coisas como nós somos", explicou o doutor Walder. Ele também me explicou, em termos mais técnicos, muitas outras coisas que eu não entendi nem me importei em tentar entender.

Tudo foi agilizado para que eu recebesse o tratamento o quanto antes, graças ao incentivo financeiro que meu pai *generosamente* ofereceu para me ajudar (estou sendo irônica, caso não tenha notado). A minha mãe deve ter feito um inferno na cabeça do meu pai para ele aceitar oferecer um incentivo financeiro à pesquisa. Ela não via a hora de se livrar do problema de ter uma filha depressiva.

Estava tudo pronto.

Entrei na sala cirúrgica andando, vestindo meu uniforme cinza de interna, e me sentei numa cadeira similar à cadeira de um dentista. Lá havia uma imensa equipe médica me furando com agulhas, colando eletrodos no meu peito, me monitorando. E outra equipe médica somente observava tudo através de uma parede de vidro.

Eu não estava nem um pouco nervosa, estava como sempre estive, num estado de apatia extrema. Nem aí. Mas curiosa para experimentar uma percepção de realidade diferente da minha. E duvidando de que aquilo seria possível. Duvidando ainda mais de que eu pudesse me curar da depressão.

– Os batimentos cardíacos e a pressão arterial estão ótimos. Está tudo perfeito – disse, em inglês, o médico alemão que havia desenvolvido a Poppy.

– Já está tudo pronto, Ayla – disse o doutor Walder, que parecia estar lá só para servir como tradutor e me dar um apoio moral, pois ele não estava fazendo nada além disso. Tive preguiça de explicar a ele que meu inglês era fluente e que eu não precisava de tapinha nas costas. – Lembrando que, quando sua experiência realística tiver início, não terá como sair dela até que termine. E só vai terminar quando a cura for concluída. Para nós, médicos, tudo estará finalizado em uma hora, no máximo. Mas, para você, a percepção de tempo será diferente. O tempo é uma questão mental, portanto não sabemos quanto tempo levará a experiência para você.

– Já entendi – eu disse. Era a terceira vez que ele me explicava a mesma coisa. Só queria que ele parasse de matracar no meu ouvido e que me dessem logo a porcaria da droga para eu alucinar e sair daquele inferno.

O doutor Walder parecia entusiasmado, eu acho. Estava mais agitado que o normal.

— Você é corajosa — comentou, com um sorriso sarcástico, um jovem médico que estava monitorando os equipamentos. Ele não entendia que eu não era estúpida, eu tinha plena consciência do quanto aquela experiência poderia dar errado. Não se brinca com coisa que não se entende direito, como a mente humana, por exemplo. Eu só não me importava.

— Podemos começar, doutor Schneider — disse, em inglês, o doutor Walder para o médico alemão.

— Boa sorte, Ayla. Lamento que seus pais não puderam estar aqui, mas saiba que eu estou aqui torcendo por você e dando todo o meu apoio — disse o doutor Walder.

— Obrigada — respondi com toda a paciência. Não me importava o fato de meus pais julgarem mais importante ir para a Suíça assinar documentos do que ficar perto da filha num procedimento em que ela estava sendo cobaia de uma droga feita de papoula e nanotecnologia robótica. Foi aos poucos que fui deixando de me importar. Acho que deixei de me importar completamente quando percebi que não valia a pena confiar nas pessoas.

O alemão, doutor Ulrich Schneider, responsável pelos testes do novo medicamento alucinógeno, aplicou em cada um dos meus olhos três gotas da substância vermelha, a Poppy. A minha visão ficou embaçada, depois luzes começaram a piscar na minha frente e então me senti mergulhada numa luz branca. Tudo que eu via era luz. Era bom estar naquela luz em que só existia luz. E de repente comecei a cair. Eu me sentia estúpida como a Alice do País das Maravilhas caindo no buraco do coelho.

Eu sentia que tinha alguma coisa tinha dado errado. Acreditei que eu estivesse finalmente morrendo. Era bom.

∴

O avião estava lotado, indo para algum lugar desconhecido. Eu estava viajando de classe econômica, ou seja, estava tendo um pesadelo. Nunca voei de classe econômica, mas sabia que era um inferno. A pessoa sentada ao meu lado tinha uma criança remelenta no colo. Irritada, a criança não parava quieta e ficava chutando minha perna, invadindo meu espaço. Encolhi minha perna, bufando para que a mãe da criança percebesse que aquela criatura catarrenta estava me incomodando. Mas a mãe da criatura gosmenta fingiu não notar. O espaço naquela poltrona estreita e dura era minúsculo. "Que pesadelo horrível!", pensei. "Preferia o pesadelo do tsunâmi me engolindo viva, como costumava ter antes." Foi aí que me dei conta de que era a primeira vez que eu estava consciente de que estava sonhando. Isso quer dizer que eu poderia controlar o meu sonho e mudar aquela situação infernal. Eu me levantei e segui em direção à porta do avião. Ele estava em turbulência e me jogava de um lado para o outro. Consegui alcançar a maçaneta da porta traseira da aeronave. Eu estava em um sonho, então foi fácil abrir a porta e saltar.

Novamente estava caindo no buraco do coelho que a idiota da Alice resolveu perseguir.

Acordei. Mas não acordei. Acordei em outro sonho. Eu não estava mais no avião. Estava em um trem. Um trem muito moderno, futurista. Pessoas educadas estavam sentadas ao meu lado. A poltrona era ergonômica e muito confortável, ninguém invadia meu espaço, não havia nenhum ruído incômodo, nem criança catarrenta. Eu estava sentada ao lado do corredor, mas dava para ver bem a paisagem externa passando em altíssima velocidade. As janelas de vidro eram imensas, começavam desde o piso e subiam fazendo a curva na fuselagem da cabine, que continuava no teto, também de vidro. Lá fora estava tudo branco de neve; ou seja, eu não estava no Brasil. Era uma paisagem magnífica, como os vales suíços em pleno inverno.

— Para onde estamos indo? — perguntei à mulher exuberante, de rosto angelical, sentada ao meu lado.

— Para Ágape — ela me disse com um sorriso amoroso e simpático. — Você está bem, Sol?

Foi só quando ela me chamou de Sol que me dei conta de que eu não estava no meu corpo. Eu estava no corpo de outra pessoa, num lugar desconhecido, a caminho de outro lugar desconhecido. Fazia tempo que eu não sentia aquele frio na barriga. Comecei a me importar com aquilo, pois aquilo era diferente.

⁂

Ao abrir os olhos, eu não estava mais na sala cirúrgica. Também não estava sonhando nem alucinando. Aquilo era real. Eu estava dentro de uma grande cúpula que parecia de vidro. Do lado de fora, havia um belo bosque com colossais pinheiros. Eu estava sentada em posição de lótus, no centro da cúpula, segurando uma papoula vermelha nas mãos. E eu não estava sozinha. À minha frente havia uma criatura estranha, mas magnífica. Não era um humano comum. Ele era perfeito, magro e bem alto, com a pele azulada, imensos olhos violetas e sem cabelo algum. Não consegui identificar o gênero. Estava sentado na minha frente, também em posição de lótus, segurando uma esfera de cristal.

– Que lugar é este? – eu perguntei, assustada. Fazia muito tempo que algo não me surpreendia.

Naquele momento, quando ouvi a minha própria voz, percebi que não estava no meu corpo. Estava no corpo de uma adolescente magra e alta, de pele branca, e cabelo curto. Soltei a flor e observei minhas mãos, magras, com dedos muito compridos.

– Você está bem, Sol? – perguntou o ser azulado, com uma serenidade sobrenatural.

– Este corpo não é meu. O meu nome não é Sol! Eu me chamo Ayla. Era para eu estar tendo uma espécie de alucinação, e não isso! O que está acontecendo?

– *Ei, este corpo é meu! Você está no meu corpo. Como isso foi acontecer?* – gritou uma voz dentro da minha cabeça.

– E tem uma voz gritando dentro da minha cabeça – eu disse, assustada de verdade. Aquilo era algo que eu realmente não esperava. Algo deu errado.

– Calma. Você permite que eu entre no seu campo para entender o que está acontecendo? – pediu o ser azulado, com a maior calma.

– *Eu permito. Ajude-me, Haran!* – disse a voz dentro da minha cabeça.

— Ela permite... a voz — eu disse, confusa. — Como assim entrar no meu campo?

— Dê-me suas mãos — pediu o ser azulado.

Ele segurou minhas mãos por um tempo e se manteve de olhos fechados. Inspirou fundo, expirou com a maior calma do mundo, abriu os olhos e pediu: — Conte-me exatamente o que aconteceu antes de você vir parar dentro do corpo da Sol.

— Eu estava sendo a cobaia de um novo medicamento para depressão. Era para eu ter tido uma alucinação ou algo assim — eu disse.

— Certo. Vou acessar os registros akáshicos para entender melhor a situação — disse o ser azulado, pegando a esfera de cristal e passando os dedos sobre ela, como se estivesse procurando por algo.

— *Diga ao Haran que eu consegui me acalmar e que já percebi tudo o que aconteceu* — pediu a voz dentro da minha cabeça. Quer dizer, a cabeça não era minha, era dela. Mas eu estava no corpo dela, e de alguma forma ela estava presa lá dentro sem poder controlar o próprio corpo, por minha culpa, que sem querer havia usurpado o corpo dela.

— A voz na minha cabeça disse que ela já sabe o que está acontecendo. O que está acontecendo? — perguntei para a voz na minha cabeça, agoniada por uma resposta.

— Bom, primeiro, deixe eu me apresentar. O meu nome é Haran, sou o mentor da Sol, que é a voz que você está ouvindo. Estávamos fazendo projeção da consciência, buscando a origem que impede a Sol de expressar a virtude da tolerância na sua máxima plenitude. E encontramos. A origem é você.

— Eu? O que eu tenho a ver com isso? O que isso quer dizer? — perguntei, na defensiva.

— *Você sou eu no passado. Somos a mesma pessoa, vivendo em tempos diferentes* — sussurrou Sol na minha cabeça. Parecia mais calma. — *Haran está me ajudando a...*

Sol parou de falar, pois eu a interrompi.

— Espera! Está me dizendo que você sou eu no futuro? Não dá... é muita loucura para a minha cabeça. Pirei de vez. A Poppy tostou meu cérebro. Sabia que algo tinha dado errado.

— Você não está louca. O tempo não existe, é apenas uma percepção mental ilusória. Por isso, por meio da projeção mental, é possível acessar qualquer momento da nossa existência. O medicamento que você tomou induziu a sua mente a buscar uma solução para a depressão. A cura é a Sol. Pois você é a única pessoa capaz de se curar.

— Isso é muito surreal! Parece coisa de ficção científica. — Parei para pensar e tentar discernir o assunto. — E... como vamos resolver essa situação? – perguntei.

— Acessando os registros akáshicos, descobri que você é da antiga contagem de tempo, do ano 2037, período durante a transição planetária, de expiação para a regeneração. Nessa época, um grandioso doutor em farmacologia tecnológica, chamado Ulrich Schneider, desenvolveu um medicamento chamado Poppy, feito de papoula vermelha, associado a nanorrobôs com inteligência artificial. A Poppy nunca saiu da fase de testes para tratamento de doenças mentais. Antes que isso acontecesse, um magnata, chamado Yellow Mosky, comprou a patente da Poppy para criar uma tecnologia de realidade virtual. As consequências disso foram... Bem, isso é outra história. Você fez parte do teste da Poppy para tratamento de doenças mentais. Dessa forma, criaram-se bifurcações na linha de tempo da sua realidade; da nossa realidade. Existe agora uma possibilidade perigosa de saltarmos para outra linha realística de tempo – disse Haran, movendo seus dedos compridos sobre a esfera de cristal, como se estivesse lendo nela aquilo que estava me falando.

– Tá... Acho que não entendi muito bem. – Eu realmente não entendia aonde ele queria chegar. E eu não gostava daquela sensação de me sentir burra.

– O fato de você estar aqui poderá alterar nossa realidade, o futuro e o passado. A sua cura salvará a todos nós. Se você se curar da depressão, não será exilada da Terra, e a Sol continuará existindo nesta realidade temporal, na Terra. Toda nossa mônada vai permanecer nesta linha de realidade se você se curar. Você é a chave para a nossa salvação. Se você não for curada, vamos saltar para outra linha de realidade, na qual eu não recebi sua ajuda e, portanto, eu também sofri um exílio planetário. Não queremos que isso aconteça – explicou Haran, com uma paciência de monge budista.

– Mônada? – perguntei, confusa.

– A Sol é você no futuro. E eu sou um fractal da alma de vocês. Fazemos parte da mesma mônada, e é por isso que sou o mentor da Sol. Sermos fractais de alma significa que temos o mesmo Eu Superior, somos a mesma grande alma experimentando realidades diferentes.

– Eu... isso é muita doideira... E como faço para me curar? Em que ano estamos?

— Há muito tempo que nossa contagem de tempo deixou de ser linear e baseada no nascimento de Jesus. A contagem de tempo que fazemos é cíclica e esférica, como engrenagens grandes e pequenas, uma engrenagem gira a outra, assim são os ciclos do tempo. Na nossa galáxia, usamos a engrenagem maior como o centro da galáxia, que gira as engrenagens menores, que são os ciclos do nosso sistema solar e planetário. E o tempo é relativo, depende da curvatura do espaço-tempo de cada orbe, então...

Eu deixei de ouvir o Haran, pois a Sol começou a falar dentro da minha cabeça.

— *Essa explicação do Haran é desnecessária. Você ainda não tem capacidade para compreender o tempo esférico. O que ele quer dizer é que você está no futuro, no fim de um ciclo, no fim do mundo de regeneração. Agora, pede para ele parar de tentar explicar a você o tempo, pois temos assuntos mais importantes para tratar.*

— ... e a todo momento temos as bifurcações de linhas de tempo, mas tudo existe ao mesmo tempo, todas as possibilidades, e... — continuava Haran.

— A Sol pediu para que eu o interrompesse. Ela disse que essa explicação é inútil, que sou burra demais para entender e que temos assuntos mais importantes para resolver — eu disse, interrompendo Haran.

— *Eu não disse que você é burra!*

Haran sorriu, paciente e amoroso, antes de dizer:

— Sem paciência não existe a tolerância. São virtudes que a Sol deveria estar praticando. Mas eu entendo. Realmente cabe à Sol, e não a mim, curar você. Sol, você precisa ajudar a Ayla da mais elevada forma. Essa será nossa salvação. Deixe sua intuição guiar você. E estarei aqui se precisar de ajuda. Que a Fonte Criadora esteja com vocês. – Ele uniu as palmas das mãos na altura do coração e baixou a cabeça.

– *Despeça-se do Haran. Temos que ir* – disse Sol.

– Ir para onde? – eu perguntei, me levantando. Aquele corpo era leve e flexível. Eu me sentia saudável e cheia de vitalidade. Tenho certeza de que eu correria quilômetros sem me cansar. Mas a visão foi o que mais me impressionou. Tudo estava muito mais colorido e cheio de vida. Conseguia ver desde partículas microscópicas flutuando no ar até detalhes de folhas de árvores distantes.

– *Vamos para o campo de papoulas, onde tudo começou.*

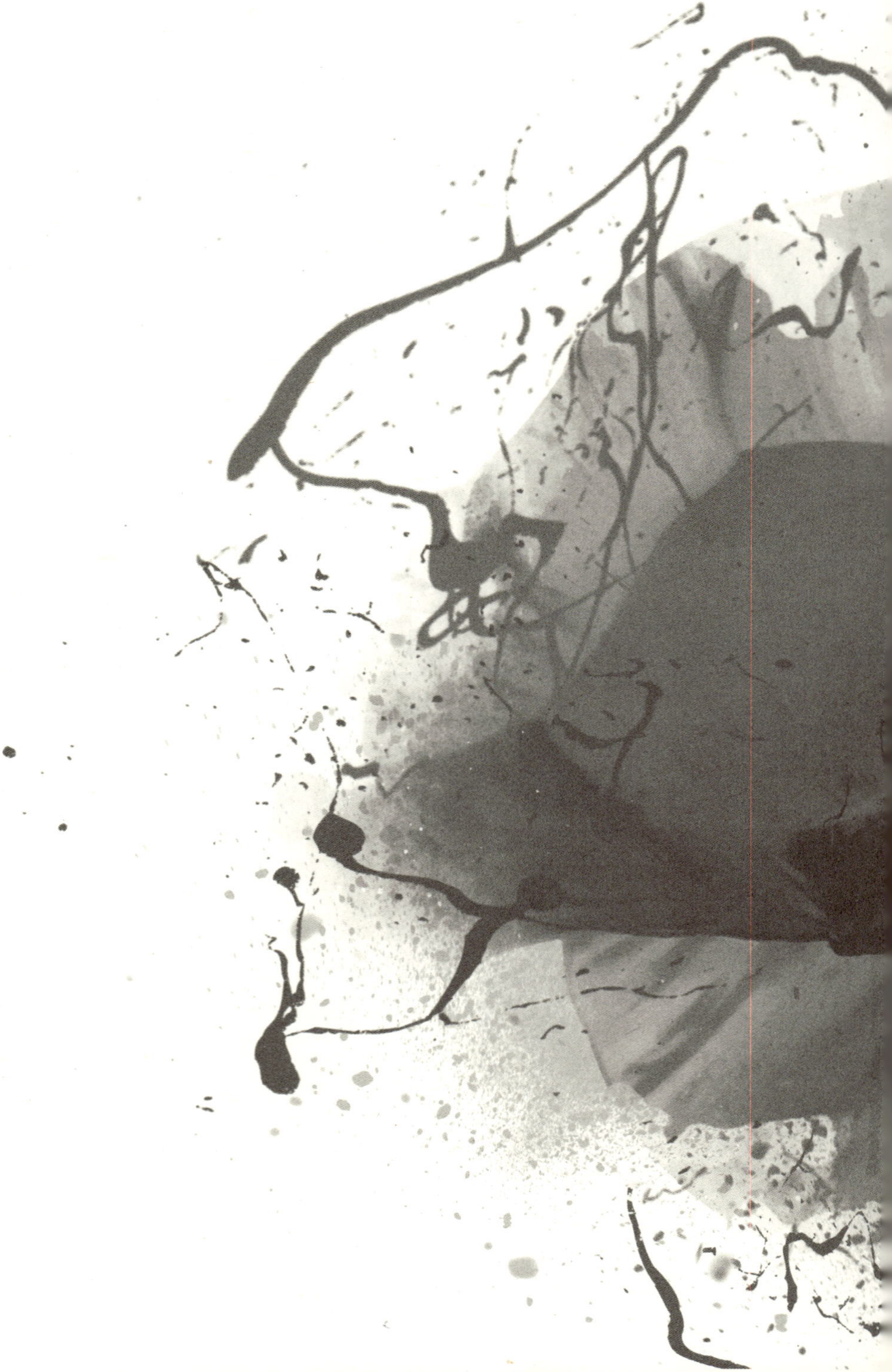

3

O consultório do doutor Walder não se parecia nada com o consultório de psiquiatria que vemos em filmes. Parecia mais um espaço de recepção de um luxuoso hotel. Sempre que eu entrava pela porta dupla francesa de seu consultório, ele me recebia dizendo para eu ficar à vontade e me sentar onde quisesse. E havia várias opções: poltronas modernas de designers famosos, sofás largos, divãs. Eu sempre escolhia a mesma poltrona, por ser a mais próxima da porta e por eu não me importar com o lugar onde iria me sentar. Então ele puxava uma poltrona e se sentava à minha frente, mantendo uma certa distância. Uma distância segura.

Enquanto ele falava, eu olhava para a pintura na parede atrás dele. Uma garota supostamente paraplégica se arrastando pela vegetação seca e escassa, olhando na direção de uma casa muito distante. O vento jogava seu cabelo dela no rosto, nuvens escuras anunciavam uma terrível tempestade. Eu sabia que ela nunca conseguiria chegar àquela casa. Tinha pena dela. Tinha pena de mim, pois eu também estava na mesma situação. Sabia muito bem como ela estava se sentindo.

– ... e de acordo com os testes, nenhum dos voluntários teve uma experiência ruim. Eles receberam todo amor, amparo e tudo que careciam durante o tratamento – disse o doutor Walder. Ele disse muitas coisas antes disso. A explicação sobre o tratamento que eu receberia foi longa, mas essa foi a única parte em que eu prestei atenção. Ele disse aquilo para eu me tranquilizar, mas naquele momento eu não me importava com nada. Ele estava perdendo seu tempo dele e o meu também. Queria estar dormindo.

Eu me lembro perfeitamente do doutor Walder dizendo que a experiência com a Poppy ia *parecer* real. Mas ele estava completamente equivocado, a experiência com a Poppy não parecia real, era real. Muito real. O que seria a realidade, afinal? Para mim, quando entrei no corpo da Sol, constatei que a realidade é uma percepção muito pessoal e relativa, pois a minha realidade era bem diferente da realidade da Sol. Como se eu vivesse no inferno, e a Sol, no paraíso.

– Qual é o seu maior sonho, Ayla? O que você sente que precisa para ter a alegria de viver? – perguntou o doutor Walder na nossa última sessão antes do tratamento com a Poppy.

– A humanidade é o problema, um terrível câncer para o planeta. O meu sonho seria viver num mundo sem crueldade, sem gente comendo cadáveres de animais, sem ganância e idiotices – eu respondi.

– Então, é provável que essa seja a experiência que você terá com a Poppy: viver num mundo perfeito, para compreender que não há nada de errado com o mundo, mas sim com as suas reações diante da vida – disse meu psiquiatra.

Nisso o doutor Walder tinha razão, eu teria a experiência de viver num mundo perfeito (ou quase), mas a tristeza profunda continuaria me assolando.

No mundo da Sol, o ar era mais puro, o céu era mais azul e o sol não queimava a pele. Não existiam mais fronteiras territoriais no mundo. Não existiam países nem cidades. Existiam Mandalas, regiões onde a frequência vibratória do planeta era mais propícia para sustentar a vida. Ágape era uma Mandala, região que abrangia o que na minha época se chamava Brasil. Mas o clima mudou muito desde a minha época, fazia frio em Ágape e até nevava em algumas regiões. Contudo, o corpo da Sol era bem adaptado ao frio.

Sol era do gênero Homo, mas não era da espécie *Homo sapiens sapiens*, e sim *Homo illuminatum*, que surgiu após o *Homo sapiens sapiens*. Os *Homo illuminatum* tinham em média dois metros de altura, eram bem magros e tinham um crânio maior que o da minha espécie. Eram muito bonitos, e tinham uma diversidade grande de cor de pele, tipo de cabelo (ou ausência completa dele) e cor de olhos. Uma variedade maior do que na do *Homo sapiens sapiens*. Sol tinha a pele branca, levemente azulada, com sardas em um tom de azul-turquesa; cabelo bem curto, castanho acobreado; olhos cor de mel, num dourado intenso; e dois metros e sete de altura. Em Ágape, era mais comum a pele azulada. Segundo Sol, a evolução não foi somente natural, houve hibridizações com alienígenas, o que resultou numa diversidade grande de etnias e na extinção do gênero *Homo sapiens sapiens*.

A Sol me ensinou a pegar um flut, uma esfera de vidro (que, segundo ela, não é vidro) que flutua pelo céu. O flut possui inteligência artificial, então ele pilota a si mesmo. Para usar um flut, só é necessário fazer o comando verbal "flut" mais o nome do local ao qual gostaria de ir e, em menos de um minuto, aparece um flut na sua frente. A esfera se abre, você entra e lá dentro tem uma poltrona transparente que se molda de acordo com o número de passageiros. Não há painéis de comando e nada mais além da poltrona transparente gelatinosa.

Voar de flut foi uma experiência fascinante, devo confessar, até mesmo para uma depressiva zumbi que não se importava com nada. Tudo que eu via através da esfera transparente era a floresta, rios e cachoeiras, montanhas nevadas; era tudo exuberante. Bem diferente do meu mundo e tempo. Mas, apesar de toda a novidade e beleza que eu via, eu continuava sem vontade de viver. Aquele mundo e tempo não eram os meus, e mais cedo ou mais tarde eu teria que voltar para o inferno do meu mundo e encarar a minha dura realidade.

– Vamos passar por alguma cidade? – perguntei à Sol enquanto sobrevoávamos Ágape. Eu estava curiosa para ver como seria uma cidade naquele mundo.

– *Cidade? Você se refere a aglomerados de concreto? Isso não existe mais. As cúpulas-moradia ficam em plena biofilia com a natureza. Nós estamos sobrevoando Ágape, uma imensa Mandala. Se você observar bem, verá as cúpulas magnetas entre a vegetação.*

Foi só então que notei. As cúpulas estavam numa biofilia tão perfeita com a vegetação que até passavam despercebidas, mas dava para vê-las se observasse com atenção. Várias delas.

— *As maiores são cúpulas de plantio, e as pequenas são moradias. Existe uma cúpula de plantio para cada sete moradias. Cada grupo de sete produz seu próprio alimento.*

Continuei observando aquele mundo perfeito, tudo estava impecavelmente integrado à natureza, com respeito, como deveria ser.

Seguimos de flut até uma estação flutuante, que era uma estação de trem. Segundo a Sol, o campo de papoulas ficava fora do alcance dos fluts, ou seja, ficava fora do limite de Ágape, e por isso teríamos de pegar um trem. O trem era o transporte mais rápido que conectava todas as Mandalas do mundo. Assim como os fluts, os trens também flutuavam no céu. O trilho do trem era eletromagnético e invisível.

Aquela estação não se parecia com uma estação de trem comum, mas sim com uma nave espacial alienígena que flutuava sobre a copa das árvores da floresta. Tinha um perímetro circular. O piso e o teto eram transparentes; e sua extremidade, branca, destacando seus limites.

Havia várias pessoas na plataforma de espera, sentadas em tatames no chão, em posição de lótus, em meditação. Uma música celestial era tudo que se ouvia.

Era um mundo colorido, pois as vestimentas das pessoas eram macacões justos no corpo, de diversas cores. Sol me explicou que a roupa mudava de cor, como um camaleão, de acordo com o estado emocional da pessoa. A minha estava preta, claro! Eu era a única pessoa com a vestimenta preta naquele lugar. Isso chamou um pouco a atenção dos outros. Acho que eles nunca tinham visto uma pessoa com roupa preta em toda a vida. Alguns vieram me oferecer ajuda, por causa da cor da minha roupa; outros só me olharam surpresos.

— *Jamais minta. Eles saberão se você estiver mentindo, e nada é mais grave do que agir de forma antiética. Apenas diga a verdade, que você não é deste tempo e já está sendo ajudada* — disse Sol, para me orientar.

Ser a única pessoa com roupa preta naquele lugar me deixou com raiva de mim mesma. Acho que *revoltada* seria a palavra certa. Era difícil aceitar a verdade. Era para eu estar feliz, afinal tudo aquilo que eu culpava, considerando ser a causa da minha depressão, como o mundo e as pessoas, agora tinha mudado, e tudo estava perfeito. Mas nada mudara dentro de mim. Eu continuava com aquele buraco no peito. Não me encaixava naquele mundo. Eu me sentia revoltada por perceber que eu me encaixava perfeitamente no meu mundo e tempo caóticos e infernais de antes. Eu era o inferno em pessoa. Como o doutor Walder citou: "Não vemos as coisas como elas são. Vemos as coisas como nós somos". Eu era o caos, a poluição, a intolerância, o inferno; e meu mundo refletia aquilo que eu era.

Roupas coloridas, de cores como lilás, amarelo, verde, azul, branco e violeta, deixavam a plataforma linda e alegre. Eu era uma mancha de sujeira, uma sombra demoníaca, uma poluição estragando a harmonia do ambiente. "Eu não gosto mais de preto", pensei. Estava envergonhada por estar vestindo preto.

A Sol notou meu constrangimento e minha raiva.

— *A vergonha é um dos maiores bloqueios que existem para a evolução. Ela impede que você aceite a si mesma.*

Com a vergonha você se encolhe, se esconde. E o propósito da sua existência é manifestar quem você é. A sua existência e experiência não a fazem ser incapaz ou inferior, mas sim fundamental para a egrégora do Todo. Não faz ideia de como essas pessoas valorizam a sua presença aqui. É uma chance para ajudar, e isso tem grande valor. É uma chance de aprender, de conhecer algo diferente. Elas não estão vendo você como alguém doente ou ruim. Elas a veem como uma oportunidade de expansão da consciência. Não há nada mais valioso do que a troca de experiências quando esta é feita sem julgamentos – disse Sol.

– Eu estou queimando a sua imagem, e não a minha. Eles pensam que é você a mancha preta depressiva – eu disse.

– *Aqui ninguém julga ninguém. E, mesmo se julgassem, o que os outros pensam sobre mim é problema deles; o pensamento é deles, e não meu. E você não imagina o quão libertador é deixar de querer agradar os outros para ser aceita. Relaxa e aproveita!*

Eu me sentei no tatame macio do chão e fiquei observando toda aquela beleza e serenidade ao meu redor, e aquilo me incomodava, pois destoava completamente de mim, de quem eu era. Eu queria pertencer àquele mundo, ser aquilo. Mas a verdade é que eu era um ponto trevoso destoando da beleza daquele paraíso.

Não se passaram nem cinco minutos até eu começar a ficar entediada, pois estava sem nada para fazer. Um dos meus maiores refúgios para o tédio era o smartphone; deixar meu dedo correr a tela enquanto vídeos rápidos passavam sem que eu prestasse atenção de fato neles. A velocidade da informação ajudava a me desconectar da minha dor. Era como um anestésico para a mente, que ficava tão sobrecarregada e confusa que acabava se dispersando totalmente, pifava. Queria ter um smartphone na minha mão naquele momento para obrigar a mente a parar de pensar naquilo que causava dor. A verdade dói como uma facada. O problema nunca foi o mundo ao meu redor. O problema sempre fui eu. Eu estava quebrada.

Numa das muitas consultas que tive com o doutor Walder, ele me sugeriu ficar um dia sem meu celular para podermos avaliar como eu me sentiria. Eu aceitei o desafio, já sabendo que eu me sentiria completamente entediada e que seria um péssimo dia. O fatídico dia sem celular foi o pior que tive naquele hospital. Não era nem meio-dia e eu já estava desesperada pelo meu smartphone. Ou seja, se o médico queria me provar que eu era viciada em celular, ele conseguiu. Mas disso eu já sabia. Aquele era um vício aceito pela sociedade, como o cigarro já foi no passado, então não havia nada de errado. Naquele dia, peguei um livro promissor na biblioteca do hospital. Comecei a ler, mas não saí da primeira página; reli três vezes o mesmo trecho e desisti. A minha mente era incapaz de se concentrar na leitura, ela me implorava por futilidades rápidas e inúteis para ficar anestesiada. No fim da tarde, tive uma crise de ansiedade, provavelmente por abstinência do celular, então, antes de o dia acabar, eu já estava com meu celular, hipnotizada nas postagens rápidas. Aquele caos mental era um lugar confortável.

O doutor Walder tentou me convencer a diminuir o uso do smartphone e ir aos poucos substituindo por uma atividade que exigia mais concentração e paciência, como ler um livro ou praticar ioga. Eu concordei somente para encerrar aquele assunto, mas não fiz o menor esforço para tentar. Não queria sair da minha zona de conforto. Eu precisava do celular para fugir da realidade.

No entanto, naquele mundo perfeito da Sol, eu não precisava fugir da realidade. Aquela realidade era perfeita. E havia tantas novidades ao meu redor. Mesmo assim, eu estava ficando entediada sem meu celular. Sentada, sem nada para fazer, esperando o trem chegar... Era um tédio.

Bufei, expressando minha impaciência e perguntei:

— O que vocês fazem aqui para se distrair?

— *Muitas coisas. Aproveitamos a natureza, estudamos ou criamos nos registros akáshicos. É o que a maioria desse pessoal aqui está fazendo, por isso estão em meditação; eles estão acessando os registros akáshicos. Alguns preferem somente meditar para esvaziar a mente, para descansar.*

— Registro akáshico é tipo a internet de vocês?

— *Não. É diferente...* — ela ia dizendo, mas fomos interrompidas pelo anúncio da chegada do trem. — *Nosso trem está chegando. Pode se levantar e aguardar mais para a frente.*

— Por que temos que ir até uma plantação de papoula? — perguntei, me levantando com uma agilidade incrível. Nunca me senti tão saudável.

— *Não é uma plantação. Isso seria um desrespeito com a terra. É um campo natural de papoulas. As papoulas nascem naturalmente em campos onde houve muito sofrimento e mortes. Elas nascem trazendo esperança. Eu precisava de esperança. Por isso, seguindo a orientação de*

Haran, fui meditar no campo de papoulas, dentro daquela egrégora de esperança. Num dado momento do meu estado de transe meditativo, senti como se eu estivesse sendo tragada por uma flor de papoula. Não entendi o que estava acontecendo. Peguei a flor, que pedia que eu a levasse comigo, e fui pedir ajuda para meu mentor, o Haran, pois eu não consegui entender o que a papoula queria. Eu e Haran entramos em projeção mental para tentar compreender a situação e buscar uma resposta. Foi quando você se acoplou ao meu corpo. Acredito que a acoplagem da sua mente no meu corpo teve início no campo de papoula. Talvez possamos obter mais respostas lá, onde tudo começou.

O trem flutuante já estava parado na estação. Eu esperei todos entrarem na frente, enquanto Sol me explicava o motivo da nossa viagem. Fui a última a entrar.

Com imensas janelas de vidro, e muito moderno, o trem era idêntico ao trem do meu sonho. Havia cabines confortáveis que mantinham a privacidade, e um salão comunitário social. Eu podia escolher me acomodar em qualquer lugar, sem precisar pagar nada. Não queria me sentir exposta, chamando atenção com minha vestimenta preta estilo depressiva zumbi, por isso, escolhi uma cabine privativa, com uma confortável poltrona massagista e outras coisas que eu não fazia ideia para que serviam. Eu só entendia a poltrona, então foi lá que me sentei, com uma vista privilegiada através da imensa janela que saía do piso e percorria todo o teto.

— Sobre aquela coisa de registro akáshico, como funciona? E desde quando não existe mais internet? – perguntei para a Sol. Seria tedioso viajar sem qualquer distração.

— *Você ainda verá o fim da internet no seu mundo. Será substituída pela Poppy, que vai criar um universo paralelo virtual. Quando o Homo illuminatum adquiriu a capacidade de acessar o registro akáshico, a Poppy já havia deixado de existir há muito tempo. Acessar o registro akáshico é algo muito natural, para isso não dependemos de tecnologia ou substância indutora da mente, mas facilita se for acessado pela satwa, que é essa esfera de cristal aí do seu lado esquerdo. E lamento, mas a sua mente ainda não consegue ter acesso ao registro akáshico, nem mesmo com a satwa.*

Observei que realmente havia uma pequena esfera de cristal flutuando do meu lado. Eu a peguei, a girei nas mãos e observei. Era apenas uma bola de cristal, sem nenhum poder mágico. Suspirei, irritada. Seria uma longa viagem.

— *Podemos conversar durante o trajeto para você não se entediar. Em vinte minutos chegaremos ao nosso destino. E pode soltar a satwa, ela não vai cair no chão.*

Abri minha mão, soltando a esfera de cristal, e ela flutuou até o local de onde a retirei.

— *O registro akáshico é a memória da Alma Universal, a Matriz do Universo. É uma ferramenta de conexão com outros planos e existências, independentes da linearidade do tempo. É uma extensão da mente divina, que nos conecta com tudo que existe. É um compêndio de todos os eventos, pensamentos, experiências, emoções, aprendizados e intenções que já ocorreram no passado, no presente ou no futuro do nosso Universo* — explicou Sol.

— E por que é divertido acessar o registro akáshico? — perguntei. — Parece chato! — A paisagem através da janela era um risco borrado de cores, devido à alta velocidade do trem.

— Não há nada mais divertido do que criar, brincar, experimentar e compartilhar aquilo que você criou. Vou fazer uma analogia para você tentar entender. Não é a mesma coisa, é só para você ter uma noção. Imagine um jogo virtual em que você consegue ter todas as percepções dos sentidos. Nesse jogo você pode construir o que quiser, como um incrível parque de diversões. Então você cria, e depois brinca, e compartilha sua criação com outras pessoas. É isso. Criar e viver experiências é nosso entretenimento preferido. E o arquivo akáshico é onde ficam armazenadas todas as nossas criações e experiências.

— Pensando dessa forma, parece divertido.

— É muito divertido e não é viciante, pois é nosso poder natural, e dessa forma podemos ser quem viemos ser no mundo.

Estava me dando aflição olhar a mancha listrada através da janela. Aquilo, sim, era um trem-bala. Não duvidaria se me dissessem que era mais veloz que uma bala de revólver. Virei a poltrona para a parede, similar a uma tela de vidro que parecia ler meus pensamentos, pois ela mostrava exatamente as imagens que faziam eu me sentir bem. E as imagens eram em 3D, rápidas, aleatórias e sem sentido. Estava assistindo a golfinhos nadando num oásis marítimo e logo depois folhas secas caindo de árvores, e então a explosão de uma estrela. As imagens iam passando rapidamente. Aquilo me relaxou.

— *Interessante... Sobrecarregar a mente de informações é o que a deixa relaxada* — comentou Sol.

— Para onde estamos indo? Digo, de acordo com o mapa geográfico da minha época, para onde estamos indo? – perguntei, curiosa, assistindo às imagens passando rapidamente.

– *Como já deve ter imaginado, a formação geológica do planeta mudou. Gostaria que você pudesse acessar a satwa para eu lhe mostrar. Mas, usando como referência o mapa geográfico da sua época, seria na região da Antártida, que hoje é uma região tropical com belíssimos vales. A Mandala para a qual estamos indo se chama Panini.*

– O mundo parece ter virado ao contrário. Calor na Antártida? E nevando no Brasil... Que doido!

– *Foi mais ou menos isso mesmo que aconteceu. Desertos foram cobertos pelo mar, florestas viraram desertos, enfim... Essas mudanças fazem parte dos ciclos naturais do planeta.*

– Você disse que papoulas nascem em locais onde houve sofrimento. O que aconteceu de ruim no lugar para onde estamos indo?

– *Quando o gelo começou a derreter, a Antártida tornou-se uma região muito disputada. Havia muitos tesouros soterrados na geleira. As feridas provocadas pelas batalhas gananciosas ficaram gravadas na terra. As papoulas têm o poder de curar as feridas da Terra. Por isso elas nasceram naquela região.*

– Onde você mora?

– *Em Ágape. Estou estudando num centro por lá. Pretendo tripular uma imensa nave que viaja explorando a Galáxia. Mas isso não é fácil, exige muito estudo, e não estou indo muito bem nos testes psicológicos. Não tenho paciência, tolerância... Faltam-me muitas coisas. Dou bastante trabalho para o Haran. Inclusive esse foi o motivo que me levou até o campo de papoulas. Eu estava perdendo a esperança.*

— O que exatamente vai acontecer se eu não me curar da depressão? — perguntei, mais preocupada com a Sol do que comigo mesma.

— *Somos a mesma pessoa. Se eu não conseguir curá-la, nós vamos saltar para outra linha de realidade, não tão boa quanto esta. Na outra realidade paralela, você não obteve a cura, foi exilada para um planeta chamado Tamas, um mundo de prova e expiação, na constelação de Drovor. Em Tamas, a vida é mais difícil do que a que você conhece na Terra do seu tempo. Estamos numa encruzilhada que definirá nosso destino.*

Pela primeira vez me senti realmente motivada a receber um tratamento. Motivada a me curar. Eu sentia um carinho especial pela Sol. Eu sentia o amor dela por mim. Não queria decepcioná-la e muito menos prejudicar a vida dela.

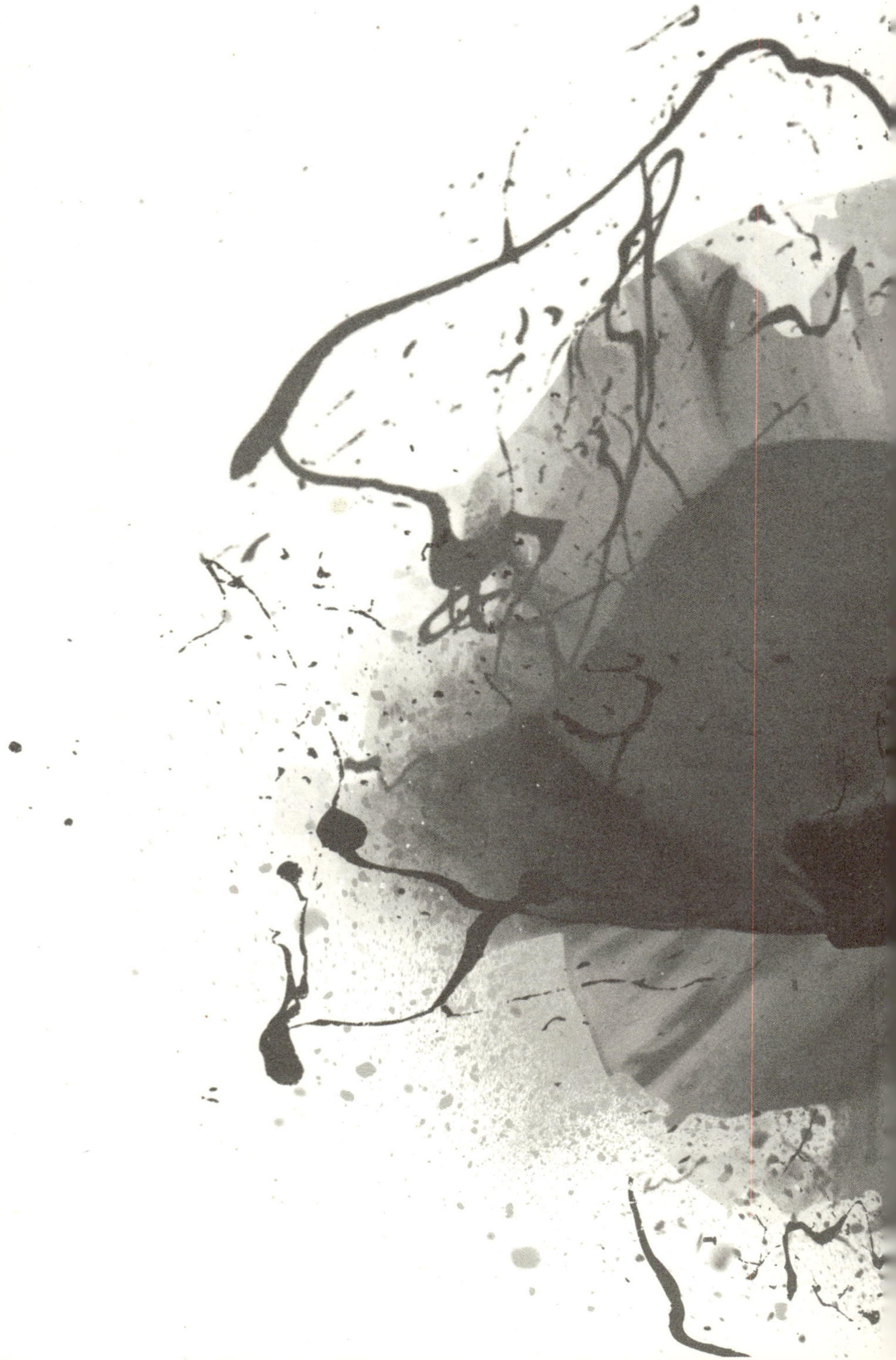

4

A viagem passou mais rápido do que eu esperava. A Sol ficou conversando comigo, e as imagens da parede divisória da cabine me distraíram. Eu não fiquei entediada.

O trem flutuante foi descendo numa linha íngreme até flutuar próximo ao chão. Sua velocidade foi diminuindo conforme descia, e então pude ver verdejantes colinas, cavalos soltos correndo alegremente pelos vales floridos, grandiosas árvores de folhagem azulada. E o mais surpreendente foi ver uma pantera negra se alimentando de um arbusto frutífero. Era difícil acreditar que eu estava na Antártida. Na verdade, era difícil até mesmo acreditar que eu estava no planeta Terra. Até a luminosidade do sol era diferente.

Fui a primeira a descer do trem. Estava ansiosa para ver aquela exuberante paisagem mais de perto e queria me afastar das pessoas. Não podia evitar de me sentir envergonhada por ser uma mancha trevosa no paraíso.

A plataforma era transparente e lisa, flutuando sobre o solo gramado. Sol foi me indicando o caminho que eu deveria seguir, como um GPS. E fomos conversando durante o trajeto.

— Se existe o registro akáshico, que tem resposta para tudo, por que exatamente temos que ir ao campo de papoulas? — perguntei, enquanto seguia o trajeto que Sol havia me indicado.

— *Se o registro akáshico tivesse a resposta para tudo, nós não teríamos propósito para existir. Estamos criando uma experiência. Estou seguindo minha intuição... Talvez elas possam nos ajudar* — ela respondeu.

— Elas quem? Nossas intuições?

— *As papoulas. As flores têm alma, ou seja, consciência. A papoula é a origem de você estar aqui; dessa forma, ela poderá nos orientar sobre o próximo passo.*

— Não seria mais fácil ter perguntado para aquela papoula que estava lá com a gente na cúpula do Haran? — questionei.

— *Uma única flor não tem a mesma sabedoria e consciência de um campo repleto de flores. Tenho que entrar em contato com a egrégora da papoula, isto é, com a soma das energias de várias delas. Só consigo fazer isso num campo cheio de papoulas. Lá, a frequência vibracional delas penetrará nosso campo corpóreo. Foi esse campo que nos jogou numa encruzilhada de possibilidades de linhas de realidade* — ela explicou.

Eu já havia andado aproximadamente cinco quilômetros, mas não estava cansada nem com sede. O tempo estava agradável, a paisagem era magnífica, com o céu magenta e o sol no horizonte. O aroma das flores alimentava o meu corpo de vitalidade. Mas aquele corpo não era meu, e eu não pertencia àquele lugar. Eu não passava de uma usurpadora trevosa, uma parasita, uma obsessora, que possivelmente estava contaminando e tirando a saúde do corpo da Sol. A posição na qual eu me encontrava não era agradável. O buraco na minha alma continuava, rindo da minha cara com sarcasmo e ironia, drenando a possibilidade de eu me alegrar e me divertir naquele paraíso extraordinário.

Ao chegar no topo da colina, finalmente pude ver o campo vermelho de papoulas. As flores dançavam na brisa do entardecer. O sol no horizonte tornava o vermelho das flores uma cor estupenda. Perdi o fôlego ao ver a paisagem. Era uma explosão de cores no céu e nas flores do campo. Caminhei com mais pressa para chegar logo, porque queria ver de perto se aquilo era mesmo real. Parecia uma miragem, de tão belo.

Chegando lá, senti o aroma terroso, uma mistura de doce e amargo, semelhante ao cheiro de nozes. Entrei no campo e, pela primeira vez na vida, tive esperança. Aquele sentimento era novo para mim, era agravável e amenizava a profunda ferida aberta em meu peito.

– Aqui estamos – comentei, olhando ao redor, rodeada de papoulas vermelhas. – O que devo fazer? – perguntei à Sol.

– *Certo. Sente-se e relaxe. Vou entrar em contato com a egrégora das papoulas e a chamo quando descobrir algo.*

Eu me sentei no centro do campo. O cheiro de terra misturado ao aroma das papoulas me relaxou. Fechei os olhos e me concentrei no som da brisa suave que acariciava as flores e meus cabelos. O toque do calor do sol estava agradável e o ar, fresco. Imaginei como deveria ser a vida de uma flor de papoula naquele campo. Devia ser como viver num sonho leve e prazeroso, em que não havia preocupação ou sofrimento, apenas esperança. Os raios do sol e a terra me acolhiam com amorosidade. Eu não me sentia mais tão sozinha. A esperança estava brotando no meu peito. Ou seria no peito da Sol? Provavelmente era dela, e eu só estava exaurindo-a, como uma parasita esfomeada.

Estava me sentindo tão serena que peguei no sono. Um sono profundo. E então comecei a sonhar.

Eu estava no meu corpo, mas não estava no meu mundo nem no meu tempo. Era um lugar estranho. Um bosque sombrio. Havia magia naquele lugar, eu sentia. E eu não estava sozinha, Sol estava ao meu lado, observando o bosque com a mesma curiosidade que eu.

– Eu entrei em contato com a egrégora das papoulas. E ela disse que temos que resgatar as suas memórias traumáticas para alterar a realidade, para curar você – disse Sol.

– Isto é só um sonho, certo? – perguntei. Eu estava consciente de que estava sonhando.

– É claro que não. Quer dizer, realmente parece um sonho, mas não é. Eu e você estamos em projeção mental neste momento. As papoulas vão nos conduzir nesta jornada. Primeiro, precisamos descobrir por que elas nos enviaram a este lugar. Você conhece este bosque? – perguntou Sol.

– Não. Não se parece com nada que eu conheça.

Então me lembrei de quando eu era bem pequena, tinha por volta de 6 anos. Eu adorava observar as imagens de um livro infantil que ficava na estante do meu quarto. O livro contava a história de um folclore eslavo, sobre uma bruxa chamada Baba Yaga. Aquele bosque era quase idêntico a uma das ilustrações do livro.

— Parece a floresta onde fica a casa da Baba Yaga — conclui.

— Quem é Baba Yaga? — perguntou Sol.

— É uma bruxa de um folclore. Ela mora numa casa apoiada sobre pés de galinha, num bosque idêntico a este. É sério, parece que estamos dentro do livro que eu adorava quando criança, sobre a Baba Yaga.

— Faz alguma ideia de por que estamos aqui? — Sol perguntou.

Olhei ao redor e pensei, trazendo de volta a memória sobre a história que conhecia do livro.

— Baba Yaga é uma poderosa bruxa vidente que guarda todo o conhecimento do mundo. Ela é gentil e ajuda quem precisa. Pelo menos é isso que me lembro da história do livro — respondi.

— Certo. Então precisamos encontrar a casa da Baba Yaga e pedir ajuda a ela. Deve ser isso — concluiu Sol.

Começamos a andar pelo bosque e não demorou muito para nos depararmos com a inconfundível casa da Baba Yaga. No bosque sombrio, sobre os pés de galinha, havia um chalé de madeira escura, exatamente como o da ilustração do meu livro de infância. Havia uma escada que dava acesso ao patamar da porta de entrada. Sol era destemida e foi na frente, subiu a escada. Segui logo atrás, com um pouco de receio, pois nem sempre Baba Yaga era boa, e sua casa parecia um tanto sombria.

A porta foi aberta por Baba Yaga, e Sol levou um susto. Acho que ela nunca havia visto uma bruxa tão feia. Ela tinha a aparência de uma senhora muito idosa, corcunda, cujo imenso nariz tinha na ponta uma verruga com dois pelos. Era repleta de rugas de expressão, tinha olhos vermelhos e cabelo branco desgrenhado. E não aparentava ser muito boa. Pelo contrário, Baba Yaga dava arrepios.

– Olha só o que as papoulas me trouxeram desta vez! – exclamou a bruxa, com um sorriso mordaz. – Duas criaturas que são uma só. Interessante, interessante.

– Desculpe chegarmos sem avisar. Não queremos importuná-la. Viemos pedir ajuda – explicou Sol.

– Entrem, crianças. E não temam, não vou comê-las – disse Baba Yaga. Ela não parecia estar sendo irônica nem sarcástica quando disse que não tinha intenção de nos cozinhar para o jantar, o que me deu um arrepio na espinha.

O interior da casa era bem maior do que parecia ser por fora. O típico caldeirão de bruxa estava pendurado na lareira, sobre o fogo, e dele transbordava uma névoa branca similar a gelo seco, mas que era quente e tinha cheiro de vetiver. Eu me sentei numa das cadeiras de madeira que rodeavam a mesa central, próximo à lareira. Sol preferiu ficar em pé, apesar de sua cabeça quase bater no teto.

Um gato preto pulou em cima da mesa, com olhos amarelos que me encararam. Era um olhar tão penetrante que parecia querer me devorar.

– Para que pedem minha ajuda? – perguntou a bruxa, colocando um corvo morto dentro do caldeirão.

— Ayla sofre de depressão. Estamos em busca da cura — disse Sol.

— Ayla é seu passado, e você é o provável futuro de Ayla... ou não. Tudo depende da cura — disse a bruxa, que deixou claro ter o conhecimento dos fatos.

— Você pode nos ajudar? — Sol perguntou.

O gato continuava me encarando. Aquilo estava me incomodando. Observei a bruxa pegar uma comprida colher de pau, enfiá-la no caldeirão e começar a mexer o líquido sinistro.

— É claro que posso! — disse ela, sentindo-se ofendida. — Sou Baba Yaga, e não há bruxa mais sábia e poderosa do que eu em todos os multirreinos. No entanto, não posso fazer isso de graça, seria um desrespeito ao fluxo de prosperidade do universo.

— O que quer em troca? — perguntou Sol.

— Para que seja uma troca justa, quero as tripas da menina Ayla.

— O quê?! — exclamei, assustada. — Como assim? Estamos pedindo ajuda para eu me curar, e não para eu morrer destripada.

O gato continuava me encarando com expressão de escárnio, parecia rir da minha cara.

— Explique melhor, Baba Yaga — pediu Sol, com gentileza.

— Quando Ayla desencarnar naturalmente, como deve ser, quero ficar com as tripas dela — disse a bruxa. E ela estava falando sério.

— E para que você quer as minhas tripas? — perguntei, curiosa e com receio.

— Venceslau adora comer tripa fresca de mulher — disse a bruxa.

— Quem é Venceslau? — perguntou Sol, curiosa.

— Meu gato — disse a bruxa, olhando para o gato preto em cima da mesa. Venceslau me encarava com seus vorazes olhos semicerrados, como se realmente quisesse devorar minhas entranhas.

— Tudo bem. Acordo feito. Você nos ajuda a curar Ayla e, quando ela desencarnar, naturalmente, seu gato pode comer as tripas dela — disse Sol, negociando minhas tripas com uma bruxa sinistra de olhos demoníacos, com toda calma do mundo.

— Espera aí, Sol! Estamos falando das minhas tripas. Não quero dar minhas tripas para esse gato comer — eu disse, irritada.

— Se o gato não comer, os vermes comerão. De qualquer forma, você não estará mais no corpo físico, terá desencarnado, portanto não fará diferença para você. Mas para Venceslau será como um banquete preciosíssimo. Ao comer suas tripas, ele irá sentir todas as emoções que você sentiu durante toda a sua vida. E existe grande valor nas emoções de uma mulher — disse Baba Yaga.

— Não sairemos prejudicadas com essa troca, Ayla — disse Sol.

Aquela ideia me irritava, pois a cara de escárnio do gato estava me tirando do sério. Mas, se eu já estivesse morta, que diferença faria? Acho que nenhuma.

— Se a Sol julga que esse acordo é justo... tudo bem — concordei, meio contrariada. O gato deu um miado como se já fosse o dono das minhas entranhas. Saltou da mesa para a janela aberta e olhou para mim. Parecia estar rindo. Aquilo me irritou ainda mais. Então ele saltou para fora e sumiu.

O acordo foi feito. Assinado com meu próprio sangue num pergaminho antigo. Venceslau teria tripa fresca para comer quando eu morresse.

— A cura está no resgate das memórias. A verdade precisa vir à tona — dizia Baba Yaga enquanto procurava alguns ingredientes na prateleira de potes de vidro. — Achei! O ingrediente principal: óleo essencial de papoula — disse, pegando um pequeno vidro âmbar fechado com uma rolha. Ela retirou a rolha, cheirou, então disse: — Os sonhos revelam as verdades mais profundas da alma ou induzem as ilusões mais terríveis. Tudo depende da dosagem correta. Uma gota a mais pode ser um veneno, uma gota a menos pode ser a cura — disse, pingando apenas duas gotas numa vasilha de cobre.

— Agora preciso dos demais ingredientes — disse Baba Yaga, como se estivesse falando sozinha. — Uma gota de sangue da Sol e uma lágrima da Ayla — pediu.

Sol pegou a adaga da bruxa que estava em cima da mesa, furou o dedo com a ponta afiada, esticou o braço e deixou pingar uma gota de sangue na vasilha de cobre.

Era minha vez de contribuir com uma lágrima. Aquilo seria difícil.

— Não consigo chorar. É impossível — eu disse. Nem em momentos de muita dor ou sofrimento eu chorei. Não chorei quando meu coelho morreu picado por uma abelha. Também não chorei quando quebrei o dedo indicador ao prendê-lo na porta do carro. Não chorei quando meus pais esqueceram completamente meu aniversário. Nem durante todo o inferno passado que vivi sem sair da cama em depressão. Existia um buraco na minha alma, um vazio. Eu deixei de ter emoções para ser capaz de sobreviver. Nada me faz chorar. Estou seca e morta por dentro.

A bruxa pegou uma cebola que estava num cesto na prateleira e a adaga e me entregou.

– Pique a cebola olhando para ela, assim que a primeira lágrima escorrer, eu a recolho com uma colher – pediu a bruxa.

Comecei a picar a cebola sobre a mesa de madeira. Eu nunca havia picado uma cebola na minha vida. Raramente eu entrava na cozinha da minha casa. A cozinheira não gostava, e havia a governanta, que estava lá para me servir quando eu precisasse.

Os meus olhos começaram a arder. Estava funcionando. Continuei picando a cebola. Não demorou para os meus olhos começarem a lacrimejar. A lágrima escorreu e, antes que atravessasse minha maçã do meu rosto e pingasse, foi colhida pela bruxa com uma colher de cobre e acrescentada à poção. Afastei a cebola para longe do meu rosto e sequei as lágrimas com as mãos. Péssima ideia. Minhas mãos estavam úmidas com o sumo da cebola e, ao esfregar meus olhos, a ardência piorou. Achei que fosse ficar cega.

Com um comprido conta-gotas de ponta afunilada, a bruxa mexeu a poção na vasilha de cobre, e então o conta-gotas sugou o escasso conteúdo da vasilha.

– Basta uma gota para cada: uma para Sol, uma para Ayla e uma para mim – disse Baba Yaga.

– Você também vai tomar a poção? – perguntei, curiosa, piscando para as lágrimas lavarem meus olhos, removendo aquela ardência infernal. Aquilo era um sonho, então não era para meus olhos arderem. Era?

– Preciso me conectar a vocês para poder ajudar – explicou a bruxa.

A bruxa se aproximou de Sol e pingou uma gota da poção em sua boca. Depois foi minha vez, e por último ela pingou a gota restante em sua própria boca e engoliu, parecendo sentir prazer – o que era estranho, pois o gosto era horrível. Agora meus olhos e minha garganta estavam ardendo. Que ótimo! Pelo menos Venceslau não estava mais lá para caçoar da minha desgraça.

– E agora, o que devemos fazer? – perguntou Sol.

– Para o feitiço ser ativado, você precisa dizer as palavras mágicas: "Revele a origem" – disse a bruxa para Sol.
– Experimente agora, diga aquilo que quer curar na Ayla e diga "Revele a origem" – pediu a bruxa, com empolgação, e seu sorriso sombrio revelou a ausência de dentes em sua boca.

Sol fechou os olhos para se concentrar, respirou fundo e disse:

– A depressão, "revele a origem".

Eu era um bebê, mas ainda não havia nascido, estava no útero da minha mãe. O útero era meu universo. Um universo cor-de-rosa repleto de sons pulsantes e reconfortantes. Mas nem sempre era bom existir naquele universo, pois eu podia sentir tudo que o universo sentia. E o universo não gostava de mim, o universo não me queria. Eu era um parasita terrível.

"Esse maldito feto vai acabar com o meu corpo. Estou ficando deformada e gorda", pensava o universo, constantemente infeliz, e a culpa era minha.

Eu estava deformando o universo, destruindo o corpo do universo. Eu não deveria existir. Eu era uma criatura repugnante, um parasita, a manifestação do mal. Eu me sentia uma criatura maligna que deformava e destruía seu próprio universo. O universo desejava minha morte para voltar a ser belo e feliz. E eu desejava minha morte para salvar o universo da destruição. "Eu não mereço existir. Preciso morrer para salvar o universo da destruição", eu pensava. E então comecei a enrolar o cordão umbilical em volta do meu pescoço com a intenção de salvar o universo. Eu precisava morrer.

Foi naquele momento, quando eu estava decidida a salvar o universo do parasita maligno que eu era, que algo inesperado aconteceu. Começou a nascer um sol dentro do meu universo. Era a Sol. Ela irradiou toda sua luz em mim. Era uma luz radiante de puro amor, e aquela luz preenchia todas as células do meu corpo.

– Apague a luz – gritei. – Eu sou má, não mereço essa luz.

– Você não é má e não está destruindo o universo. Pelo contrário, você é a oportunidade de salvação do universo. Essa é a verdade. Você é importante e precisa viver. O universo precisa da sua luz, do seu amor, Ayla – disse Sol. Ela me deixou confusa. Mas eu acreditava naquela luz.

Dando apenas dois giros dentro do universo, consegui tirar o cordão umbilical do meu pescoço. Agora estava tudo bem, eu tinha a Sol, que me amava incondicionalmente. O universo não seria destruído por mim. Eu amava o universo. Eu precisava viver.

Eu estava pronta para sair de dentro do universo. Eu queria sair de lá, estava apertado. O universo queria se livrar de mim, mas, ao mesmo tempo, estava morrendo de medo, pois eu daria muito trabalho se saísse de lá. Além disso, ele estava sentindo ódio do meu criador pai, pois ele não lhe dava atenção.

O criador pai não queria estar presente no momento do parto. Decidiu que seria melhor comemorar o nascimento do primogênito com os amigos em vez de estar ao lado de um universo rancoroso, irritado, que berraria de dor. Por isso, o universo se sentia sozinho e abandonado pelo criador pai. O universo se sentia rejeitado, assim como eu.

Novamente Sol irradiou amor no universo, então eu fiquei bem. Até que passei por um canal muito estreito e apertado, que me espremia, me expelia e me rejeitava. O universo me jogou para fora dele, e então fez-se a luz, que ofuscou meus olhos. Eu nasci. Lá fora, não existia mais aquele amor que me acolhia. Era frio, a luz era muito intensa para meus olhos, o espaço era muito grande. Fiquei assustada e com muito medo. Precisava ser acolhida. Precisava da mãe, meu universo. Mas o universo me odiava.

– Tire-a daqui! Leve essa coisa embora! – disse minha mãe para a enfermeira que me segurava. A coisa era eu.

A enfermeira me levou para o berçário. Eu estava sozinha no berço, esgoelando de medo, implorando ajuda. Então, Sol apareceu. Ela me pegou no colo, me olhou nos olhos. E esse foi o primeiro contato que tive com uma fonte de amor. Sol me amava. Sol era o meu sol, que aquecia meu coração de amor.

— Está tudo bem — ela disse. — Eu protejo você. Você é linda e perfeita e me enche de alegria — ela dizia. E era honesto, eu sentia que era honesto.

O medo foi embora. Eu me aconcheguei no colo da Sol, me senti amada e protegida e dormi profundamente.

※

Então eu acordei. Eu não era mais um bebê. Eu estava sentada no campo de papoulas, no corpo da Sol.

— *Você está bem?* — perguntou Sol, na minha mente.

Eu estava confusa. O sonho que tive havia mexido profundamente com meus sentimentos. Respirei fundo antes de responder.

— Tive um sonho... estou um pouco confusa — confessei.

— *Não foi sonho. Foi projeção mental. Aconteceu de verdade. A poção de Baba Yaga funcionou.*

— Então eu estou curada? — perguntei, confusa.

— *Você se sente curada?* — Sol perguntou.

A ferida na alma havia diminuído um pouco, mas ainda estava aberta, jorrando todo o seu ódio e a sua mágoa que tinha pelos meus pais. Eu não estava curada, mas pelo menos havia passado a me importar. Voltei a sentir. E doía sentir aquela rejeição. Doía muito. Lentamente, as lágrimas começaram a escorrer pelo meu rosto, e não havia nenhuma cebola cortada na minha frente. Meu choro descontrolado foi a resposta à pergunta da Sol.

Sol esperou que eu chorasse à vontade toda a minha dor. Quando me acalmei, ela disse:

— *Nós demos um passo importante hoje, mas ainda te-*

mos muito trabalho pela frente. Temos que dar um passo de cada vez. Agora, precisamos descansar nossa mente. E meu corpo também precisa de cuidados, então, levante-se. Temos que pegar o último trem de volta para Ágape.

A minha vestimenta continuava preta. Preta como o buraco negro que existia na minha alma.

— A poção da bruxa não funcionou como deveria? Quando eu morrer, o gato dela vai mesmo comer minhas tripas? — perguntei, me levantando.

— *A poção continua em nós. Ela funciona* — disse Sol, feliz e esperançosa. — *Só temos que ir observando aquilo que a incomoda e falar a frase mágica para ativar o feitiço. Ainda há muito para ser curado, mas tenho esperança de que vamos conseguir. E o acordo com Baba Yaga não será quebrado.*

Ou seja, Venceslau realmente comeria minhas entranhas, e eu teria que rever muitas memórias traumáticas até alcançar a cura. Seria uma longa e horripilante jornada.

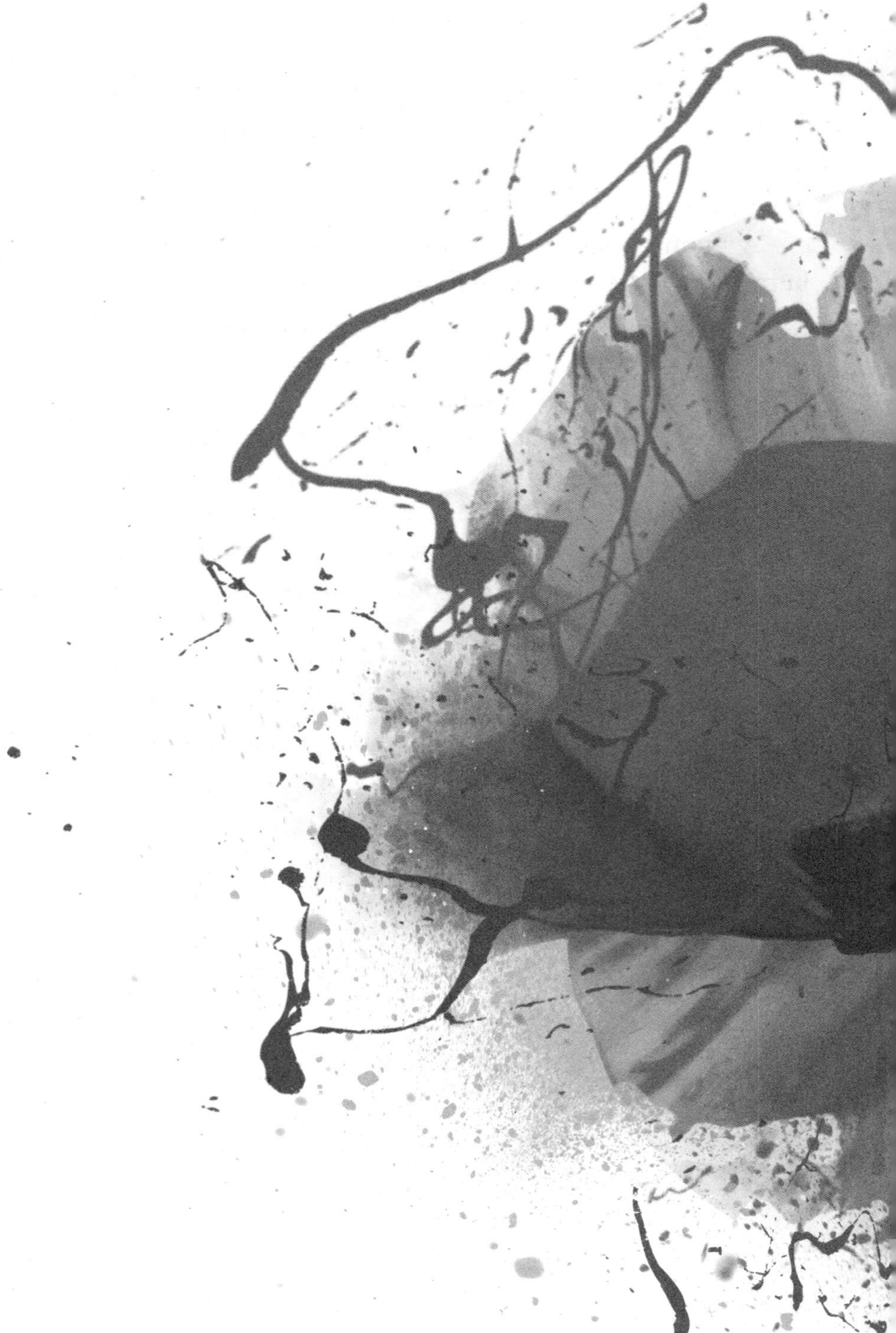

5

A residência da Sol era uma cúpula magneta pequena, de aproximadamente vinte e dois metros quadrados. Era menor que o banheiro da minha suíte na cobertura dos meus pais. Mas, segundo ela, era espaço suficiente para suprir todas as necessidades que tinha. Apesar de sua moradia ser pequena, era muito funcional, provida de alta tecnologia e aconchegante.

A cúpula magneta era semelhante a vidro, mas era feita de uma substância magnética muito mais resistente e tinha inteligência artificial. Ela sabia exatamente quando se tornar fosca, luminosa ou completamente branca, de acordo com a necessidade, para oferecer privacidade ou ajuste de luminosidade natural. Também ajustava a temperatura interior de acordo com o que seria ideal e perfeito para quem morasse lá.

Ah! A cama era interessante. Não era bem uma cama, mas sim um cilindro magneto na posição vertical, que surgia do piso quando solicitado por comando verbal. Então, bastava entrar no cilindro e dar outro comando para fechá-lo. Depois disso, o interior do cilindro/cama anulava completamente a força gravitacional no interior; ou seja, era como dormir flutuando no espaço, numa temperatura perfeita para seu corpo.

    A água vinha de fonte natural. Dentro da cúpula havia algo similar a uma fonte pequena, de pedra, pela qual a água fluía constantemente.

    A higiene não era feita com água e sabão, não se tomava banho com água. Para isso era usado o mesmo cilindro magneto de dormir, porém dando o comando de higienização então, o cilindro emitia uma luz de cor violeta que, segundo a Sol, esterilizava a pessoa por dentro e por fora. Nem precisava ficar pelado para tomar banho, pois era necessário esterilizar a roupa também, e era assim que se "lavava" a roupa, tudo ao mesmo tempo. Por isso, não havia a necessidade de mais de uma peça de roupa e eles raramente tiravam ou trocavam de roupa. A vestimenta não era de tecido e ficava justa ao corpo, como se fosse um macacão. Eu não sei do que era feito, mas era estranho e mudava de cor conforme as emoções (isso era irritante!). Já pode imaginar que não havia privacidade com relação aos sentimentos, todo mundo sabia como você estava se sentindo.

    O *Homo illuminatum* só fazia uma refeição por dia, normalmente de manhã, e comia somente uma barrinha de cereal. Bem, não era uma barrinha de cereal, mas era bem semelhante; o nome era bojan, e era o suficiente para nutrir o corpo e não sentir fome. Além disso, segundo a Sol, havia algumas pessoas que se alimentavam apenas de prana, mas não era fácil se manter somente com água e prana. Prana é a substância que dá vida, é a substância espiritual, produzida pelas mitocôndrias do corpo. As plantas transformam a luz do sol em oxigênio, e a mitocôndria transforma o oxigênio em prana. Mas, para a mitocôndria ser capaz de produzir a prana e a ATP, molécula que funciona como fonte de energia, somente recebendo oxigênio e água, a pessoa precisava ter certo poder sobrenatural, e para isso era necessário ter muita prática meditativa. Não era tão simples, mas era totalmente possível.

É claro que todas essas novas tecnologias tinham nomes. Não se usavam mais os conceitos de casa, cama, banheiro. A cúpula magneta de moradia se chamava gabarana. O cilindro de esterilização se chamava svach; quando era comandado para dormir, o nome era sona.

Eram muitas coisas novas para eu aprender, isso levaria um bom tempo. Sem contar que a maioria das tecnologias eu não tinha capacidade mental para usar, como o satwa, uma espécie de smartphone, só que muito melhor. Na verdade, essa comparação era esdrúxula, como comparar uma carroça puxada por cavalos com uma nave espacial que viaja pela galáxia, mas não tem como eu explicar aquilo que não existe para você. É como disse Albert Einstein: "Tudo aquilo que o homem ignora não existe para ele. Por isso o universo de cada um se resume ao tamanho de seu saber". E é isso mesmo, a gente não consegue imaginar ou explicar algo sobre o que ainda não existem analogias para compreensão.

O *Homo illuminatum* raramente defecava, urinava normalmente, mas com uma frequência muito menor que a do *Homo sapiens sapiens*. Havia um local no piso da gabarana em que se abria um buraco – similar aos sanitários orientais, que também ficam no chão –, e era preciso ficar agachado para fazer suas necessidades. Não era necessário usar papel higiênico, pois do buraco saía uma luz que desintegrava a sujeira. Segundo a Sol, os resíduos, como urina e as raras fezes, eram utilizados para produzir adubo. Nada era jogado fora. Não existia lixeira. Tudo era reciclado.

Assim que eu cheguei à gabarana da Sol, ela me explicou como tudo funcionava e pediu que eu usasse o svach. A experiência foi interessante. A luz violeta tinha cheiro de eucalipto e lavanda, e quando terminei meu banho luminoso, realmente me senti de banho tomado, completamente limpa. Bebi água fresca da fonte natural e me sentei numa poltrona ergonômica para descansar – a poltrona mais confortável que já experimentei; ela se moldava ao corpo, abraçando-o, era muito macia.

A gabarana da Sol ficava dentro da floresta, como todas as outras. Nem parecia que eu estava dentro de uma cúpula magneta, pois ela era completamente transparente, quase invisível, sem reflexos. Sentada na poltrona, com aquela vista incrível da natureza, pela primeira vez na vida senti certa paz, que durou algumas frações de segundos. A minha roupa foi do preto para o cinza, mas logo voltou a ficar preta novamente.

O sol estava se pondo, e a gabarana foi se iluminando conforme escurecia. Eu não queria ir embora daquele lugar, mas ao mesmo tempo, eu sabia que não me encaixava naquele mundo. Eu me sentia uma criatura estúpida naquele lugar, e isso me deixava envergonhada. Mesmo tendo o corpo de uma *Homo illuminatum*, eu me sentia inferior, minha mente continuava sendo inferior, meus sentimentos eram trevosos. Pelo menos, no meu tempo e mundo, eu era igual a todos, de alma sombria, com reações primitivas. Meu mundo está longe de ser perfeito, mas é meu lugar, é perfeito para minha evolução, e agora eu estava sendo convidada a engolir minha prepotência e reconhecer a verdade.

O paraíso não é realmente um paraíso quando você não pertence a ele. A felicidade não depende do lugar, mas de quem você é.

Já estava começando a sentir saudade do que era comum no meu mundo e tempo, como uma cama macia e um cobertor felpudo para me cobrir, *shorts* para assistir e café para tomar. A gabarana ficava isolada na floresta. Aquele silêncio começou a me incomodar. A agitação de um local caótico e barulhento impede a mente de ver aquilo que dói. Ser preenchida por futilidades e ilusões anestesia a dor da solidão.

Eu estava refletindo sobre essas coisas, mergulhada na minha melancolia, olhando a paisagem, quando Sol me avisou:

– *Sinto que minhas mães estão chegando. Estão preocupadas. Elas já sabem o que aconteceu.*

Eu nem sabia que a Sol tinha mães, no plural, mais de uma. Eu me senti egoísta por nunca ter mostrado interesse pela vida pessoal dela. Não sei se egoísmo seria a palavra certa, uma vez que ela era eu num futuro provável. É lógico que ela tinha mãe, Sol era apenas uma adolescente de 17 anos, a mesma idade que a minha. No entanto, ela já era independente e morava sozinha. Bem diferente da minha realidade.

— O que devo fazer? Qual é o nome delas? Quantas são? O que elas sabem? — perguntei, ansiosa, atropelando as palavras.

— *Estão vindo nos dar amor e apoio. São duas. A Sasha é minha mãe biológica, casada com a Svetlana, minha outra mãe. Relaxa! Não tem motivo para ficar ansiosa.*

Ouvi um suave som de farfalhar de folhas das árvores. Olhei para cima, era um flut que estava iniciando seu pouso ao lado da gabarana. Saí para recebê-las.

Era um casal aparentemente muito jovem para ter uma filha de 17 anos. Sasha era bem semelhante à Sol. E Svetlana tinha uma beleza exótica; negra, com rosetas (semelhantes às de leopardo) douradas; olhos verdes e cabelo curto, cor de caramelo. As duas eram de uma beleza magnífica. Suas vestimentas estavam numa tonalidade rosa pastel.

Novamente fiquei envergonhada por estar com uma roupa preta, revelando toda a treva que existia no meu coração.

Nos olhos de Sasha e Svetlana só havia amorosidade e serenidade, apesar de elas saberem que eu não era a Sol, que eu era uma usurpadora do corpo da filha delas. Mas, mesmo assim, elas só emanavam amor. Cumprimentei-as e entramos na gabarana da Sol.

— Lamento muito pelo que aconteceu — comecei me explicando —, esse corpo é da filha de vocês e... — fiquei sem palavras para expressar meu constrangimento por aquela situação. — Eu juro que não fiz por mal.

— Você é a Sol do passado, portanto, a amamos como nossa filha, de todo o coração. Estamos felizes que a Sol esteja ajudando você – disse Svetlana.

Ela se aproximou de mim e me deu um abraço. Mas não era um abraço comum, como os que eu havia raramente recebido no meu mundo e tempo. Era um abraço acolhedor, da mais pura amorosidade. Aquilo doeu. Foi como esfregar na minha cara o quanto eu fui rejeitada durante toda a minha vida. Eu nunca fui amada pelos meus pais (nem por ninguém) como a Sol era amada pelas mães dela. Ficou um nó na minha garganta. Eu me desvencilhei dos braços de Svetlana, arredia e magoada, como um cachorro desconfiado por ter vivido uma vida inteira sendo chutado. Eu estava com ódio e medo de receber amor. Medo de sofrer outra rejeição. Era mais seguro não confiar e não me permitir receber amor.

— Está tudo bem – disse Sasha. – Não estamos aqui para julgá-la. Viemos apenas para dar nosso apoio. Eu confio muito na Sol, tenho certeza de que ela está cuidando bem de você – disse ela, com uma voz suave e doce enquanto fazia carinho na minha cabeça.

Carinhos também me incomodavam. Foi muito perceptível meu incômodo naquela situação. A minha vontade era de gritar: "Tire a mão do meu cabelo, eu não preciso disso. É tarde demais para reparar todo o estrago!". Eu estava com ódio daquelas mães. Eu odiava a minha mãe.

— *A amorosidade delas está incomodando você* – concluiu Sol, confusa e surpresa.

Eu sentia como se houvesse uma bola presa na minha garganta; queria gritar, esbravejar toda a minha raiva e dor.

— *Por que o carinho delas a incomoda?* — perguntou Sol, curiosa.

— Eu odeio quando as pessoas sentem pena de mim — respondi.

As mães da Sol compreenderam que eu estava respondendo uma pergunta da Sol e não se intrometeram na conversa, mantendo-se em silêncio.

— *Você está projetando nelas algo que é seu. É você quem está sentindo pena de si mesma* — disse Sol. — *Temos que resolver isso: "Revele a origem".*

Abandono, medo e raiva era o que eu sentia naquele momento.

A minha mãe raramente me pegava no colo, não queria se sujar, pois bebês regurgitavam e soltavam melecas nojentas. Ela só me pegava no colo quando tinha que exibir aquele troféu de fertilidade para a sociedade e mostrar o quão boa mãe ela era. Somente as babás cuidavam de mim, e elas sentiam pena de mim.

— Dá muita pena da coitadinha, a mãe não quis nem tentar dar o peito, disse que amamentar deixa a teta caída e que não quer um parasita sugando as vitaminas do corpo dela — disse a babá, fofocando com a cozinheira. Ela estava sentada na mesa da cozinha enquanto me dava leite numa mamadeira. A cozinheira preparava o almoço.

— Ai, que dó! Mas acho que o pai é pior. Eu raramente vejo a cara dele por aqui — comentou a cozinheira, refogando o arroz.

— A única vez que eu o vi pegando a filha no colo foi para tirar foto para uma revista. E na hora em que ele me entregou a menina de volta, perguntou: "O que é essa mancha feia no pescoço dela, Diva?". Aí eu disse: "É uma mancha de nascença, senhor". Imagina! Ele nem sabia que a filha tinha uma pequena mancha de nascença em forma de coração ao lado do pescoço – disse a babá.

— Misericórdia! – exclamou a cozinheira, jogando um punhado de sal no arroz.

— De que adianta ter tanto dinheiro se não tem amor, não é mesmo, Vanda? – comentou a babá. – Tenho muita pena desta pobre criança.

— Pelo menos ela tem você, Diva – comentou a cozinheira, sem tirar os olhos das panelas.

— Eu não posso me apegar a ela. Cuido bem, mas sem me envolver emocionalmente. Você conhece bem a dona Marta, é uma pessoa difícil, posso ser demitida a qualquer hora, por isso não posso me apegar à menina, seria muito sofrimento. A última babá foi demitida porque a Ayla chorou e atrapalhou o sono da tarde da dona Marta – disse a babá com desdém pela atitude egoísta da patroa.

Ela gostava de contar sobre meu infortúnio para os demais empregados da casa. Cuidava de mim por dinheiro, e não porque me amava. Nunca ninguém me amou. As pessoas sentiam pena de mim, pois eu era uma criatura rejeitada.

Eu terminei de tomar o leite da mamadeira sentindo pena de mim mesma. Eu era uma pobre criatura infeliz e mal-amada.

Sol entrou na cozinha, mas somente eu conseguia vê-la. Ela me olhou com ternura e amor e irradiou seu sorriso sobre mim.

— Você não é nada disso, Ayla — disse Sol. — Você é muito amada.

Fiquei com raiva da Sol, ela estava mentindo. Eu era sim uma rejeitada, uma coitada que ninguém amava. Isto era um fato: meus pais não me amavam.

Ela leu meus pensamentos, suspirou fundo e pensou antes de dizer:

— Você tem razão, pequena Ayla. Os seus pais não a amam. Temos que descobrir o motivo disso. A razão pela qual você se encontra nesta situação: "Revele a origem".

❖

A primeira coisa que senti foi um cheiro horrível que fez arder meu nariz. Cheiro de fezes, urina, suor e muita sujeira. Eu estava num casebre pequeno, e Sol estava ao meu lado, olhando ao redor, um tanto assustada.

Havia uma mulher, jovem, encardida, com o vestido sujo de fuligem, sentada numa cadeira, olhando através da janela o movimento e a imundície lá fora. Ela tinha raiva de ser pobre, e toda aquela situação abria uma ferida de rancor no coração dela.

Eu sabia quem ela era. Aquela mulher era eu, numa encarnação anterior à minha. Seu nome era Emma.

— Ela não consegue nos ver? — perguntei à Sol.

— Não. Estamos em projeção mental, somos como fantasmas para ela. E, se estamos aqui, é porque precisamos ajudar de alguma forma — disse Sol.

— Como?

— Dê-me sua mão — pediu Sol. Demos as mãos, e ela disse: — Vamos entrar no campo dela para saber o que aconteceu. Está pronta?

— Acho que sim. O que quer dizer com "vamos entrar no campo dela"?

— Vamos acessar as lembranças dela, de tudo que aconteceu de importante na vida dela.

— Ah, tá... Tudo bem, estou pronta.

"Nada é mais importante que poder e dinheiro", foi o primeiro pensamento que veio à minha cabeça. Era o pensamento da Emma. Eu era a Emma.

Eu estava cansada daquela vida miserável. Olhei ao redor. Eu morava num casebre de madeira na região mais pobre de Paris, numa época em que a cidade não era nada glamorosa, mas sim imunda, fétida e miserável.

Odiava viver naquela miséria. Filha de carniceiros ignorantes, acabei me casando com um cirieiro para sair da casa miserável dos meus pais e ter a chance de melhorar de vida. Mas eu continuava pobre. A minha casa fedia a cera de vela e suor azedo. Cheiro de pobreza. O meu marido era bom para mim, se chamava Bernard, e eu o amava. Mas, mesmo tendo um bom marido, eu odiava aquela vida miserável.

Assim que me casei, engravidei da Alice e logo em seguida tive mais um filho, chamado Oliver. Ele tinha oito meses quando conheci o homem que mudaria a minha vida: Lucien, um nobre, da família real da Casa de Bourbon, primo de Henrique III de Valois, vivia no Palácio de Fontainebleau, em Fontainebleau.

Eu amava Bernard, mas ele nunca poderia me dar a vida que me faria feliz. Conheci Lucien no bosque enquanto eu colhia frutas silvestres para fazer geleia para as crianças. Ele estava cavalgando distraído e quase me atropelou com seu cavalo. Eu me joguei no chão, saindo da frente da rota do cavalo, derrubei o cesto, as amoras saíram rolando pelo chão. Preocupado, Lucien desceu do cavalo para me ajudar. Eu tinha uma beleza muito acima da média. Todos os homens me desejavam, e com Lucien não foi diferente.

Ele estava apenas de passagem por Paris, para participar de uma festa, mas acabou ficando mais tempo por minha causa. Nós nos encontrávamos escondidos no bosque. Eu deixava as crianças com meu marido Bernard, dizendo que ia colher frutas silvestres.

Lucien se apaixonou por mim. Ele me convidou para ir morar no Palácio de Fontainebleau. Era casado e já tinha duas amantes. Eu seria a terceira, mas não me importava com isso. Eu não gostava dele, ele era feio e pegajoso, mas adorava seu nobre status e riqueza.

Fiquei ludibriada com a ideia de viver num magnífico palácio, usar roupas caras, joias preciosas e conviver com toda a nobreza francesa. Aquilo era o meu maior sonho. Mas eu teria que fugir de casa, abandonar Bernard e as crianças para ir atrás do meu sonho, da minha felicidade.

A verdade é que me senti aliviada ao me livrar daquelas crianças pegajosas e daquele marido miserável. Fui embora com Lucien, deixando para trás toda aquela miséria de vida.

No Palácio de Fontainebleau, eu tinha um luxuoso quarto só para mim. Lucien vinha me visitar quase todos os dias no início da minha mudança. Aquilo era desagradável, mas era o preço a se pagar para viver na riqueza. Logo na primeira semana, eu me senti triste e sozinha. Em poucos meses, comecei a sentir saudade de Bernard, mas, mesmo assim, eu gostava daquela vida luxuosa. Gostava de usar vestidos caros, joias preciosas, comer doces refinados e, principalmente, de manipular as pessoas com meu charme e minha beleza. Eu me sentia poderosa. Amava aquele jogo de poder que existia no palácio.

Eu estava na janela do meu quarto, olhando a paisagem magnífica do jardim do palácio, quando Sol e Ayla entraram.

Sol estava ao meu lado, observando as lembranças sem julgamento. Já Ayla pensava: "Emma é egoísta e fútil, assim como minha mãe". Quem é ela para me julgar?

— Agora estamos começando a entender a origem — disse Sol, refletindo.

— Estamos? — Ayla perguntou, com dúvida.

— Você tem uma mãe exatamente como você foi na vida passada. Observe com o coração. Alice é sua mãe, Marta; Oliver é seu pai; e Bernard... é o Haran, meu mentor. Não percebe? Observe.

Sol tinha razão. Eu não era vítima dos meus pais, mas sim das minhas próprias escolhas. Eu rejeitei e abandonei Alice e Oliver e, como carma, fui rejeitada por eles, pelos meus pais.

Eu me odiava. Eu me culpava tanto quanto eu odiava e culpava meus pais. Abandonei meus filhos e meu gentil marido por poder e dinheiro. Eu merecia pagar pelos meus erros. Era justo que eu sofresse rejeição.

— Agora você já sabe que não é uma vítima, e sim responsável pelas próprias escolhas — disse Sol. Ela soltou minha mão e saímos do campo de Emma. — Não existe injustiça no universo. Sair do papel de vítima é um passo fundamental para a cura — ela disse.

Era difícil aceitar aquela verdade. Eu fiz por merecer os pais que tinha. Em outra vida eu os abandonei na miséria em troca de poder e riqueza. O que eu odiava em minha mãe era o que eu mais odiava em mim mesma.

— Precisamos ajudar a Emma — disse Sol. — Você precisa perdoá-la para que ela nos liberte das consequências da culpa. Chega de puni-la, Alya. Você já aprendeu com os erros da Emma. Tenha misericórdia e ajude-a! Perdoe.

Uma nuvem branca se formou, nos envolveu e nos levou para o momento em que Emma estava nos últimos minutos de vida; a morte a esperava. Ela estava deitada na cama, no luxuoso palacete que conquistou seduzindo e manipulando um barão. As únicas pessoas ao redor eram os empregados, e eles a desprezavam. Na luxuosa suíte só havia a cobiça, a inveja e o desprezo. Ela tinha a riqueza com que sempre sonhou, mas se sentia vazia. Havia um buraco no coração dela. "De que adianta tanta riqueza se o que é mais precioso na vida eu não tenho?", pensou. Sentia tanta saudade de Bernard que seu coração chegava a doer.

O remorso corroía a alma dela. A culpa que sentia era insuportável e também a causa psicossomática da infecção bacteriana que a estava matando.

Doía pensar em Bernard e imaginar o que havia acontecido com ele e seus dois filhos depois que ela os abandonou.

– O que aconteceu com eles? Com Bernard e as crianças? – perguntei à Sol.

– Consta nos registros akáshicos que Bernard se refugiou na bebida para tentar esquecer o abandono que sofreu. O álcool, somado à desnutrição e à tristeza, o fez somatizar uma pneumonia. Ele desencarnou três anos depois que Emma o abandonou. Alice e Oliver foram parar num orfanato. Alice cuidou de Oliver por dez anos e então o abandonou para trabalhar num bordel. Oliver cresceu odiando as mulheres. Tornou-se ferreiro e tratava as mulheres com desprezo – revelou Sol. – Mas eles também não são vítimas, e sim responsáveis pela própria realidade. Agora, você precisa libertar Emma. Quando estiver curada, poderá reparar o mal que fez sem a autopunição e o sofrimento – informou.

Emma estava agoniada de dor e remorso. Apesar de todo o luxo, pairava uma névoa de mofo e poeira no ar; as cortinas grossas de veludo roxo estavam fechadas. Era um quarto sombrio e triste, como a alma de Emma. Eu me aproximei de sua cama e me sentei ao seu lado. Foi quando ela me olhou nos olhos que nasceu a misericórdia no meu coração. Eu segurei sua mão fria, com todo carinho e amor.

– Peço que me perdoe, Emma. Por ter julgado e condenado você ao sofrimento. Não precisava ser assim. E eu a perdoo. Eu a perdoo do fundo do meu coração – eu disse, não contendo a emoção e o choro.

– Eu não mereço misericórdia – disse Emma. – O que eu fiz foi horrível.

— Você vivia na mais completa miséria e sujeira, sentia fome e uma dor na alma provocada pela escassez. O seu egoísmo foi um instinto de sobrevivência. Foi a única forma que você encontrou para se libertar da miséria. Você fez o que podia para se salvar naquele momento. E é injusto eu julgar você com a sabedoria que tenho hoje. Sabedoria que recebi de você, das suas experiências e dos seus erros. Graças a você eu sei dar valor ao que realmente importa: ao amor. Peço que me perdoe se eu a condenei à punição. Por favor, me perdoe – pedi.

Emma também começou a chorar. Éramos uma só, Sol, eu e Emma. Uma luz branca e cálida inundou o quarto, e dois anjos saíram da luz para acolher Emma. Os anjos eram Sasha e Svetlana. Elas abraçaram Emma e a levaram para a luz.

— Ayla, Sol, vocês estão bem? – perguntou a doce voz de Sasha.

Eu abri os olhos. Estava deitada na poltrona ergonômica com Sasha e Svetlana ao meu lado. Sasha segurava minha mão.

— Estou bem. O que aconteceu? – perguntei, constrangida.

— Você desmaiou – disse Svetlana.

Eu me sentei na poltrona. Ainda estava um pouco confusa. Notei que minha vestimenta não estava mais preta, mas sim numa tonalidade ocre com algumas manchas castanho-acinzentadas. Isso era um bom sinal.

Fiquei animada. Eu me sentia como nunca me senti antes, com esperança e motivação.

— Desculpem se assustei vocês com o desmaio. Sol precisou me ajudar em uma projeção mental. Fomos para um passado distante. Vocês apareceram lá, eram anjos e ajudaram. Vocês resgataram uma alma perdida. Peço que me perdoem se fui arredia com vocês. Eu tinha uma questão mal resolvida — pedi, envergonhada.

— Nós a amamos muito, minha filha. Sempre que permitir, vamos ajudá-la — disse Sasha.

— *Svetlana está preocupada comigo. Diga a elas que estou bem e que graças a elas fizemos um grande avanço no tratamento* — pediu Sol.

Passei o recado da Sol. Ao me despedir delas, eu me permiti ser abraçada e receber carinho sem qualquer incômodo. Pelo contrário, era muito bom.

Eu estava mentalmente cansada e esgotada. Foi a primeira vez que dormi flutuando no sona. Realmente era agradável dormir flutuando. Eu me senti como se estivesse dentro do útero do universo.

De manhã, ao acordar, fiz a higiene pessoal. A minha vestimenta continuava numa tonalidade ocre meio manchada. Não era a mais bela das cores para uma roupa, mas era melhor do que ser o único ponto trevoso no paraíso colorido.

Sol sugeriu que fôssemos visitar Haran, pois ela precisava de orientação sobre o próximo passo no tratamento. Era estranho saber que Haran tinha sido Bernard, o gentil marido que abandonei. Eu estava ansiosa por aquele encontro. Precisava pedir desculpas a ele.

Chamei um flut, sobrevoei a bela floresta de Ágape, e, em alguns minutos, o flut pousou ao lado da gabarana de Haran.

Ele me recebeu com brilho nos olhos e um carinho profundo. Nós nos sentamos em posição de lótus, no centro da gabarana, em um tatame macio.

— Eu quero pedir perdão a você — comecei, assim que nos sentamos. — Em outra vida, eu fui muito egoísta e o abandonei. Foi horrível o que eu fiz com você.

— Não há nada para ser perdoado, pois não sinto nenhuma mágoa. Pelo contrário, só tenho gratidão e amor por você, Ayla — disse Haran, com um sorriso no rosto.

Havia uma coisa que me incomodava no povo daquele mundo: eles estavam sempre felizes, e tudo estava sempre bem, não importava o que tivesse acontecido. Isso era um pouco irritante.

— Está grato por eu ter destruído sua vida e abandonado você? — perguntei, irritada.

— Fui eu quem me destruí, e não você. E, sim, sinto gratidão, pois graças a você, Ayla, eu não fui exilado da Terra. No seu tempo e mundo, eu estava viciado num mundo virtual, completamente perdido. Você me tirou de lá e, com muita paciência, me ajudou. Você me salvou.

— Eu... Ayla?

— Sim, você. Você desenvolveu uma poderosa técnica terapêutica, que foi o que me curou. Eu entrei no seu mundo virtual para tocar violino e ganhar uns trocados. Você foi atraída pela triste melodia que eu tocava, pois já conhecia aquele sentimento de vazio profundo na alma. Quando eu terminei de tocar, você se aproximou e me ofereceu ajuda. E isso se tornou seu foco principal a partir daquele momento. Ficou ao meu lado, aguentando toda a minha abstinência e dor. Você salvou a minha vida naquela existência. E é por isso que só tenho gratidão por você, Ayla. E, assim como você jamais desistirá de mim, eu também jamais desistirei de você. A minha cura depende da sua. A sua salvação será a minha.

Fiquei aliviada em saber que posso conseguir reparar o erro que cometi com Bernard. Isso se eu me curar. Se eu não me curar, Bernard não receberá minha ajuda, eu serei exilada do planeta e Sol deixará de existir. Senti o peso da responsabilidade nas minhas costas. A minha evolução reverberaria em todos ao meu redor, como um efeito dominó. Dessa forma, eu me senti muito mais empenhada em me curar.

— Não terei paz enquanto eu não reparar a crueldade que fiz com Alice e Oliver — confessei. Imaginar aquelas duas crianças pequenas, abandonadas, passando fome, sem amor e sem cuidado, partia meu coração.

— Não é seu dever salvar a vida dos outros. O seu dever é salvar a si mesma — disse Haran. — Experimente esta cápsula alimentar que fiz para você — disse, me entregando uma cápsula vermelha semelhante a uma bala. — Deixe derreter na boca e aprecie o sabor — explicou.

Eu coloquei a cápsula na boca e senti uma explosão magnífica de sabor. O prazer era indescritível, uma emoção de alegria que deixou minha vestimenta amarela durante alguns segundos.

— Isso é a coisa mais gostosa que já comi na vida! Qual é o sabor desta bala? — perguntei, na expectativa de voltar a degustá-la em algum outro momento.

— Não tem nome. Ela é única, o sabor dela é único, e é isso que a faz ser tão especial. Você nunca sentirá novamente esse mesmo prazer e sensação, assim como cada momento do presente, que é único. Cada um de nós é único, por isso, precioso. Você precisa encontrar o tesouro que existe em você, a sua singularidade, aquilo que lhe confere um sabor único. E esse tesouro você só encontra na solidão. Não deixe que a tecnologia a afaste de sua essência. Isso seria a nossa perdição.

— Obrigada... pela bala e pelo conselho.

Receber aquele conselho de Haran foi como levar um tapa na cara. Eu mergulhei no vitimismo, no vício da internet; eu me entreguei; culpava o mundo e meus pais quando, na verdade, não havia culpados. Tudo que existia era eu fazendo escolhas estúpidas e experimentando suas consequências. Eu nunca tive uma boa motivação para me curar, só encontrei a real motivação quando assumi a responsabilidade da dura realidade que criei em minha vida.

E pela primeira vez entendi que a vida era como um presente. Eu me senti grata pela vida e por todas as experiências que tive, mesmo as ruins, pois eram únicas e, portanto, preciosas.

— Relembrar o passado ajudou você a sair do papel de vítima, mas fez que sentisse culpa. Ainda existe muita culpa em você. E a culpa é um dos maiores bloqueios para o progresso da cura. A culpa faz com que você não se sinta merecedora da felicidade, por isso, esse é o próximo passo a ser trabalhado. É sua vez, Sol. Leve a Ayla aonde for preciso e ajude a se libertar da culpa — pediu Haran.

Sol estava cada vez mais silenciosa com o tempo. Parecia que ela estava querendo me dar mais espaço, permitindo que a solidão me envolvesse, para que eu pudesse me encontrar. Eu me sentia cada vez mais sozinha naquele corpo. E eu não gostava daquilo.

– *"Revele a origem" da culpa* – disse Sol.

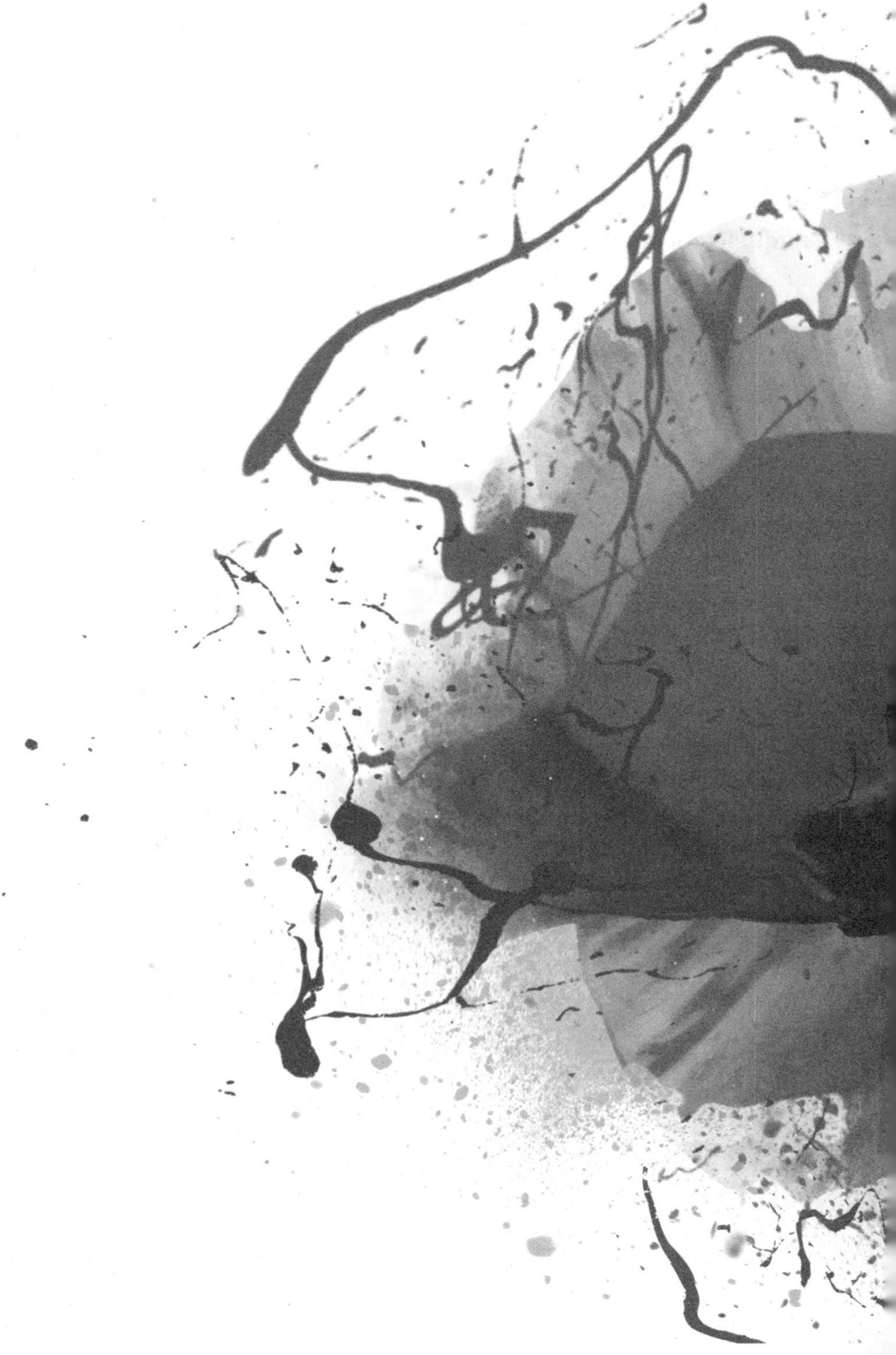

6

Aquele lugar não parecia bem um orfanato, mas sim um chiqueiro onde despejavam crianças órfãs. Era uma antiga fábrica de telhas de ardósia, abandonada, com janelas de vidro quebradas, paredes rachadas, localizada na área mais pobre de Paris, onde não existia nenhuma higiene. As crianças dormiam no chão; no inverno, somente as mais fortes sobreviviam. Elas disputavam o escasso alimento com os ratos. Durante o dia, trabalhavam como escravas em tarefas diversas.

Alice e Oliver estavam escondidos no porão escuro e úmido da fábrica abandonada, onde o esgoto era despejado. Estavam cansados e com fome e não queriam trabalhar, por isso se esconderam. Alice tinha 6 anos e Oliver era apenas um ano mais novo.

Oliver chorava. Alice o abraçou e sussurrou no ouvido dele: "Vai ficar tudo bem, não chora". Mas a fome fazia doer o estômago dele, que não conseguia parar de chorar.

Doía em mim lembrar que, enquanto meus filhos passavam fome, frio e medo, no mais completo abandono, eu estava vivendo num palácio, com fartura de alimentos e ostentando joias preciosas. A culpa me corroía a alma. Eu merecia pagar pelos meus erros.

Sol estava ao meu lado observando a pequena Alice acalentando o irmãozinho. Ela também ficou comovida com a cena. Mas no coração da Sol só havia compaixão, não só pelas crianças, mas também por mim.

— É a sua chance — disse Sol. — Agora você é a mentora espiritual destas crianças. Você pode influenciá-las mesmo que elas não a vejam. E se precisar de ajuda, estarei sempre ao seu lado.

Eu me aproximei do casal de irmãos. Eles estavam encolhidos no chão, abraçados. Eu queria desesperadamente tirá-los daquele local insalubre.

— Vocês não estão mais sozinhos. Eu estou aqui com vocês. Vai ficar tudo bem — eu disse, fazendo carinho na cabecinha do Oliver e na de Alice. — Eles precisam ir para algum lugar seguro. E eu não sei como fazer isso — pedi ajuda para Sol.

— Existe um lugar escondido no bosque. É a casa de uma bruxa que se esconde para não ser perseguida e morta pela Santa Inquisição. Ela se sente muito sozinha desde que o filho morreu de infecção intestinal. Ela vai adorar ter Alice para ajudá-la na casa, e Oliver a lembrará do filho. Ela está ficando velha, então a ajuda das crianças será de grande serventia. É a pessoa perfeita. Você precisa intuir Alice a fugir deste orfanato. Guie os passos dela e leve-os até a casa da bruxa. Eu vou lhe mostrando o caminho.

Eu fiquei com um pouco de receio de levar meus filhos para a casa de uma bruxa, no meio da floresta, isso me lembrava a história de "João e Maria". Mas eu confiava na Sol e fiz o que ela sugeriu. Fui falando no ouvido de Alice o que ela devia fazer, e era mesmo como se ela me ouvisse. Ela foi seguindo minhas orientações como se fossem os pensamentos dela.

A fuga foi fácil, pois não havia ninguém que impedisse as crianças de fugirem. Difícil foi o trajeto pelo bosque. Andar mais de dez quilômetros com fome e sede era muito cansativo para crianças tão novas e desnutridas. Levou dois dias até chegarem ao chalé de madeira da bruxa. Seu nome era Lea, uma senhora de cabelos grisalhos e olhar sábio. Ela estava colocando a chaleira no fogo quando Alice bateu em sua porta. Lea ficou congelada de medo, nunca pensou que algum dia alguém pudesse descobrir sua localização. Espiou através da janela para ver quem era e não pôde acreditar quando viu duas crianças pequenas em sua porta.

Lea acolheu as crianças com toda ternura e carinho. Lavou-as e lhes deu coelho cozido e morangos frescos para comer, o que era um verdadeiro banquete para aquelas duas pobres crianças. Pela primeira vez em muito tempo, Alice e Oliver foram dormir limpos e sem fome. Lea lhes ofereceu a própria cama para que eles dormissem com mais conforto. A cabana era aconchegante, e o fogo da lareira ficou aceso a noite toda. Suspirei aliviada. Sabia que Alice e Oliver ficariam bem aos cuidados de Lea.

Abracei Lea com todo meu amor e gratidão. E então fui me despedir de Alice e Oliver.

Eles dormiam profundamente por isso estavam em projeção astral. Dessa forma, nos sonhos, eles conseguiam me ver e podíamos interagir. Naturalmente, sentiam mágoa e raiva de mim, mas isso somente eles poderiam resolver.

Oliver chorava, pois sentia saudade dos pais, além da mágoa e da revolta. Foi mais fácil me aproximar dele, peguei Oliver no colo, o envolvi com todo o meu amor e disse com toda a sinceridade:

– Eu amo muito você, Oliver. Peço que me perdoe pelo que fiz. – Ele me agarrou como um porto seguro, e uma esperança nasceu no coração dele.

Alice ficou olhando, com os bracinhos cruzados, emburrada e triste. Eu sabia que ela também queria ser abraçada e receber meu amor. Então soltei Oliver e estiquei meus braços para ela, oferecendo um abraço. Ela não permitiu que eu a abraçasse. Eu sentia que a mágoa dela por mim era grande. Respeitei sua vontade.

Depois que pedi perdão a Alice, algo inusitado aconteceu. Eles mudaram de forma. Não eram mais Alice e Oliver, e sim meus pais, Marta e Rodrigo. E pela primeira vez entendi que meus pais eram crianças abandonadas, feridas, por isso agiam de forma infantil.

– Agradeço demais por terem permitido que eu fosse a filha de vocês. Vocês têm todo o meu amor e gratidão, sempre – eu disse, com toda honestidade e amor. E eles desapareceram numa névoa branca.

Perdoar os meus pais foi um profundo ato de autoperdão.

Abri os olhos. Eu estava sentada no tatame da gabarana do Haran. Ele me olhava feliz, e eu não entendi o motivo de tamanha alegria em seus olhos até notar a cor da minha vestimenta. Estava na cor magenta com algumas manchas ocre.

Eu ainda não poderia me misturar ao povo daquele mundo sem passar despercebida, mas já não era mais uma mancha trevosa. Talvez já estivesse curada da depressão, pois sentia que aquela dor profunda na alma havia sido preenchida por amor-próprio.

– Eles vão ficar bem? – perguntei a Haran, referindo-me aos meus pais.

– Eles quem?

– Meus pais.

– Seus pais são emocionalmente infantis. Reagem como crianças pois não receberam a nutrição necessária quando eram pequenos, como amor, proteção, reconhecimento e valor. Por isso, vários aspectos da personalidade deles permanecem na fase infantil. É por isso que eles só se importam com eles mesmos, não sabem ser leais e nem ter consideração pelos outros. Somente um adulto emocionalmente bem resolvido sabe encorajar os filhos, elogiar, cuidar de outra pessoa e sentir empatia. A você só cabe aceitá-los como são e honrá-los com gratidão. Cada um tem o próprio tempo de amadurecimento. E esse tempo deve ser respeitado.

— Como posso ajudá-los? Deve haver uma forma de ajudar meus pais.

— Entenda que agora você está no papel de filha, não cabe a você ser a mãe de Marta e Rodrigo. Tudo que lhe cabe como filha é ser uma filha, respeitando e honrando seus pais. Não confunda os papéis. Pois se você se colocar no papel de mãe deles, vai tirar o poder deles como pais, privando-os de se desenvolverem nesse sentido. Caso queira ajudá-los, você pode, é claro, mas sem inverter os papéis. Isso seria um problema para eles e para você. Oliver e Alice não são vítimas do abandono que sofreram. Nós atraímos as pessoas com as quais convivemos por sincronismo, de acordo com as feridas que existem na nossa alma. Feridas que, mais cedo ou mais tarde, acabam sendo expostas e vistas para serem curadas. Não há como ajudar uma pessoa que não quer ser ajudada. Aquilo que você mais odiava nos seus pais eram suas sombras pedindo para serem curadas. O sofrimento é um chamado da alma convidando-a para aprender algo importante e necessário para sua evolução. Quando você se permite sair da vitimização e aprende a virtude da qual sua alma carece, aquilo que antes a feria se transforma em amor.

— Acho que não tenho mais depressão... Eu estou curada? — perguntei.

Por um lado eu estava feliz que aquela dor profunda na alma havia desaparecido. E aquele sentimento de prazer em viver era novo para mim, era bom, leve, fácil. Eu me sentia uma nova Ayla, renascida das trevas, como uma flor de lótus que nasce sobre o lodo. Mas, por outro lado, estava triste, pois sabia que minha cura me levaria de volta para o meu mundo, longe da Sol e do Haran. Não que eu não quisesse voltar. Eu queria. Eu me encaixava no meu mundo, e agora entendia e aceitava isso. Mas, ao mesmo tempo, parte de mim queria ficar.

Houve um tempo, quando eu estava na arrogância da vitimização, em que eu pensava não me encaixar no meu mundo, acreditava ser melhor que os outros. Tal prepotência era fruto de uma cegueira baseada no medo de ver a verdade de que o meu mundo e tempo refletem as minhas sombras e feridas da alma.

No meu mundo e tempo, eu teria mais oportunidades de ajudar, e esta era a vontade da minha alma: ajudar pessoas que sofriam de transtornos mentais. Mas eu sentiria muita saudade da Sol. Tê-la dentro da minha mente era igual a ter uma melhor amiga de verdade, como eu nunca tinha tido. Era como ter uma companheira que me amava sem julgamento. Era bom. Tinha medo de voltar a ter depressão sem a Sol dentro de mim. A solidão me assombrava.

— Acredito que você tenha se libertado da depressão. Está pronta para voltar? — perguntou Haran.

— Estou com medo... de ficar sozinha — confessei. — Queria ter a Sol sempre comigo. Tenho medo de voltar a ter depressão sem ela.

— *Eu sempre estarei com você, sua boba. Nós somos a mesma alma* — disse Sol com amorosidade.

— A Sol é você, Ayla, é a parte sábia que existe em você. Não tem como você se separar dela. Tal separação é fruto de uma ilusão. E a poção de Baba Yaga continuará fazendo efeito em você, mesmo quando voltar para o seu mundo. Para tudo que a incomodar, diga a frase mágica e imediatamente você entrará em projeção mental para ter acesso à origem da questão e assim poder mudar sua realidade.

– *Lá, eu estarei com você, em todas as suas projeções mentais* – disse Sol.

– Quando precisar de uma orientação da Sol, basta fechar os olhos, respirar fundo e se perguntar: "Como a Sol agiria nesta situação?", e a primeira resposta que vier à sua cabeça será a resposta dela – explicou Haran.

– Acho que estou pronta para voltar, sim. Mas como farei isso? – perguntei.

– A Sol é quem tem essa resposta – disse Haran.

– *O portal da volta é o campo de papoulas vermelhas. Elas enviarão você de volta ao seu corpo* – explicou Sol.

Eu me despedi de Haran com toda a gratidão e com a certeza de que voltaria a encontrá-lo no meu mundo e tempo.

Saindo de lá, peguei um flut e segui para a plataforma de trem; de lá, fui rumo ao campo de papoulas. Era hora de voltar para meu mundo e tempo.

Ao entrar no campo de papoulas, eu conseguia sentir a esperança e a força que elas emanavam. Apreciei cada passo até chegar ao centro do campo florido.

Eu estava com um melancólico sentimento de despedida. Sol notou minha tristeza pela partida.

– *Isso não é uma despedida. Vamos continuar unidas. Estarei sempre com você* – disse com amorosidade. – *E eu confio em você, Ayla. Não tenha medo, você consegue!*
– Espero que esteja certa.

Eu me sentei em posição de lótus no centro do campo de papoulas e dei início a uma profunda meditação. Deixei que a egrégora das papoulas vermelhas me conduzisse de volta ao meu corpo.

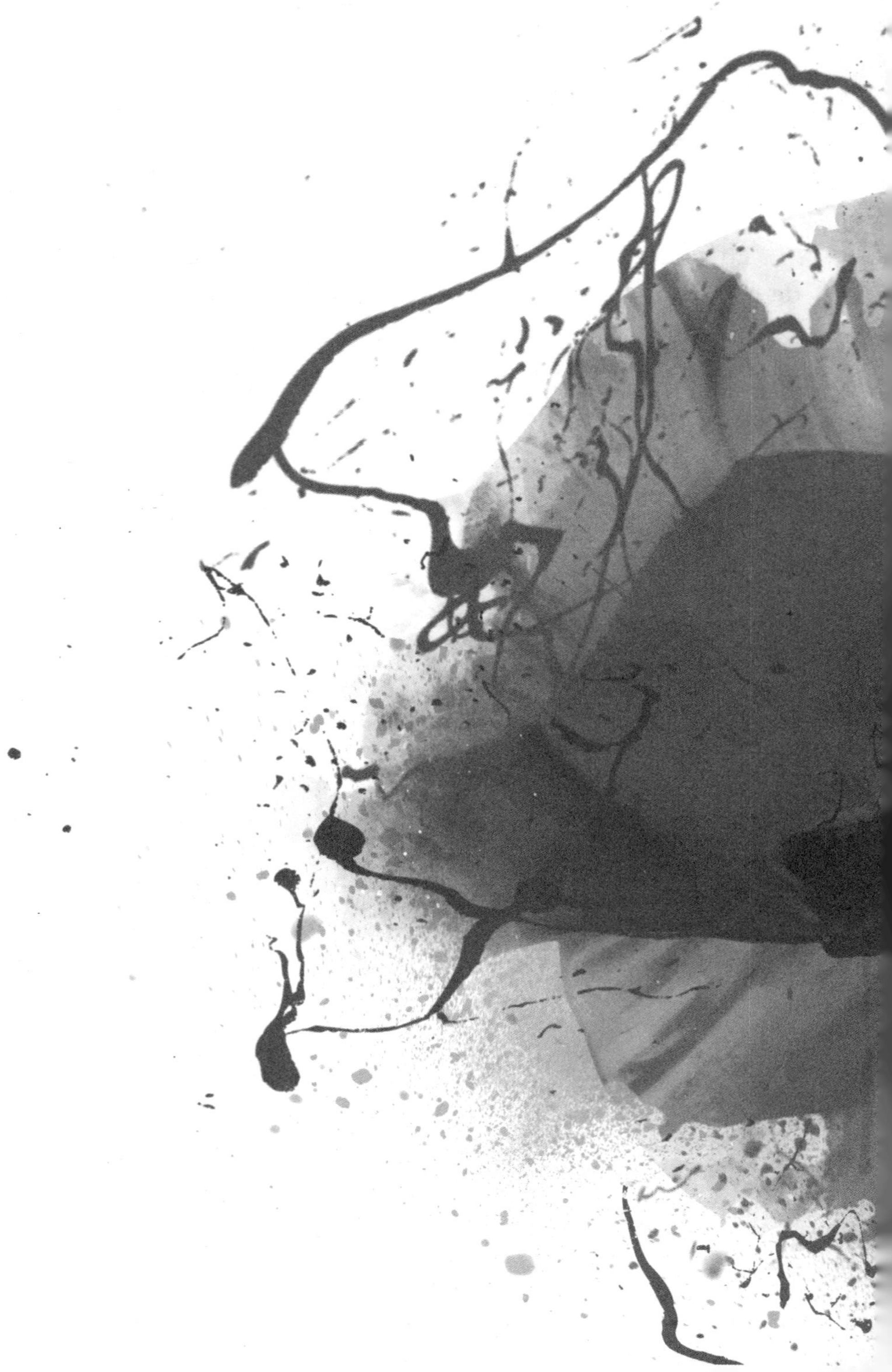

7

Eu estava flutuando, subindo cada vez mais alto. Atravessei o céu e entrei no espaço sideral. Continuei a subir. O sol me puxava como um ímã. Fui tragada por ele, e então tudo ao meu redor virou luz. A luz me conduziu a um túnel colorido; ao sair dele, eu estava em um trem.

No começo, era aquele trem moderno do mundo da Sol, mas, conforme a jornada avançava, o trem foi se modificando, ficando cada vez mais antigo; um retrocesso. Num piscar de olhos, eu estava em uma Maria Fumaça, e ela apitava anunciando a chegada. O ritmo do som dos trilhos foi diminuindo, e o trem parou na Estação da Luz, uma importante estação ferroviária da cidade de São Paulo.

Desci do trem sem muita vontade. O cheiro da poluição me enjoou. Meu corpo estava pesado. Tudo estava pesado, denso. Pessoas passavam apressadas, sem se importar com ninguém ao redor. Ninguém parou para me ajudar quando comecei a sentir falta de ar. Desmaiei.

— Ela está acordando — disse a voz do doutor Walder.

Eu estava de volta no meu corpo. Sentia o corpo pesado e pequeno. A atmosfera fedia a poluição misturada com cheiro de iodo.

Abri os olhos, piscando algumas vezes para minha visão se ajustar àquela iluminação branca da sala cirúrgica.

— Como está se sentindo, Ayla? — perguntou Walder, com certa expectativa e curiosidade.

— Funcionou... Acho que estou curada. Mas vai ser difícil eu voltar a me acostumar com este corpo.

Eu passei por diversos exames físicos e respondi a um questionário interminável para a pesquisa sobre a Poppy. O doutor Ulrich Schneider, responsável pelo estudo, ficou satisfeito e me liberou para um descanso. Então, pude ter algumas horas de repouso antes de uma consulta com o doutor Walder, que estava ansioso para me avaliar.

Entrei no consultório requintado, com aquela imensa janela que mostrava a cidade poluída de concreto, e pela primeira vez percebi detalhes que nunca havia notado antes, como a foto da filha dele num porta-retratos, a pintura de um Jesus sorridente numa das paredes e uma poltrona branca em frente à janela — que foi onde me sentei. Uma chuva fina caía lá fora. Era bom olhar a chuva, dava uma sensação boa.

O doutor Walder puxou uma cadeira e se sentou à minha frente, cobrindo a visão da paisagem desoladora que eu estava admirando através da janela. Se manteve numa certa distância de mim, como sempre fazia. Cruzou as pernas, colocou seus óculos de leitura e anotou alguma coisa no meu prontuário médico, na prancheta que estava no colo dele. Só até ali, já tinha reparado a grande diferença entre Haran e o doutor Walder. Parecia que o doutor Walder criava um muro entre nós. Não havia o olho no olho, o acolhimento e a aproximação. A roupa social dele também mostrava certa formalidade. Pela primeira vez, não pude deixar de notar certo medo nele em se envolver emocionalmente comigo, talvez. Era um homem muito inteligente, e eu o admirava por isso. Tinha certa sabedoria e via-se que levava sua profissão muito a sério. Notei que ele tinha as próprias inseguranças e questões para serem curadas, como qualquer outro humano do meu tempo e mundo. Foi a primeira vez que senti empatia pelo meu psiquiatra. A primeira vez que percebi a vulnerabilidade dele.

– Como está se sentindo, Ayla? – perguntou, de forma profissional.

– Uma nova pessoa... Como uma fênix, renascida das cinzas – respondi com um sorriso.

– Devo admitir, a diferença é notória – disse ele, observando meu comportamento incomum. – Me conte, como foi sua experiência com a Poppy?

Contei a ele tudo que aconteceu, não menti nem omiti nada. Ele ficou em completo silêncio, ouvindo com atenção e fazendo algumas anotações esporádicas no prontuário. Parecia um pouco incomodado com a história.

— Imagino que deva realmente ter sido uma experiência profunda e transformadora. As outras pessoas do grupo de teste relataram algo similar. Mas entenda que tudo não passou de uma ilusão, uma invenção da sua mente. Foi a forma que sua mente subconsciente encontrou para curá-la da depressão. E espero que essa verdade não a desaponte — ele disse, me olhando por cima dos óculos.

Ele estava errado. Eu sabia que ele estava errado. Não sei o que aconteceu com as outras cobaias, mas comigo eu sabia que havia sido real.

— É difícil de acreditar que não tenha sido real — confessei.

— Eu imagino. A experiência foi, sem dúvida, real. Tanto que foi transformadora a ponto de, supostamente, curá-la da depressão em apenas uma dosagem. Mas você precisa compreender que não foi para o futuro, foi apenas uma fantasia da sua mente — afirmou.

A verdade é que ele não tinha nenhuma prova do que estava afirmando, e acho que o fato de não saber realmente o que havia acontecido era o que o incomodava. Ele se agarrava às suas convicções com uma fé cega, tipo religiosa, e não como um doutor.

Ele estava com medo. Transparecia no olhar. Medo de perder o controle da própria vida. Medo do desconhecido. Medo de descobrir que ele entendia muito pouco sobre a mente humana e a vida. O não saber o deixava com medo. Medo da verdade e de tudo aquilo que fugia do controle dele. Tive compaixão pelo medo dele. Nada do que eu dissesse o faria acreditar que eu fui, sim, para o futuro em projeção mental. Assim como nada do que ele me dissesse me faria acreditar no contrário. Chegamos a um impasse. Respeitei, calada, a crença dele. Apenas abri um sorriso e concordei com a cabeça. Uma coisa que aprendi vivendo no hospício: é melhor não discordar de um louco.

— Ótimo! — ele disse, parecendo aliviado. — Ainda ficará em observação por alguns dias. Todos os dias faremos uma sessão, e enviarei o relatório ao doutor Schneider. Ele também acompanhará seu caso. Você só receberá alta quando tivermos certeza de que é seguro para você e que realmente está bem. Espero que compreenda.

— É claro. Eu entendo. — E lá se foi minha esperança de liberdade. Eu queria sair logo daquele hospital, andar de bicicleta no parque, sentir o vento no rosto, tomar sorvete, ser livre para fazer o que eu quisesse, pois agora eu me importava com a vida: queria viver. Queria adotar um cachorro, comer churros, ir a um show de rock. Havia tantas coisas que eu gostaria de fazer. Queria estudar para ser terapeuta. Nunca me senti tão motivada e cheia de vida. Queria ver meus pais, os abraçar de verdade pela primeira vez na vida.

— Fico feliz que esteja se sentindo bem. Se tiver qualquer sintoma ou sentimento desconfortável, por favor, peça à enfermeira que me notifique imediatamente — ele recomendou.

— Tudo bem. E meus pais? Eles já foram avisados de que deu tudo certo com o meu tratamento? — perguntei.

— Ainda não conseguimos falar com eles. Provavelmente devem estar em rota de voo. A sua mãe sempre é notificada de tudo. Ela falou que assim que voltasse da Suíça, viria visitá-la — disse o médico, sem me olhar nos olhos, fazendo anotações finais no meu prontuário médico.

— Que bom. Não vejo a hora de dar um abraço nela — eu disse com sinceridade.

O doutor Walder me olhou desconfiado, parecia inseguro. Notei mais um medo nele: de que o medicamento Poppy funcionasse. O que seria dos psiquiatras se não houvesse mais doentes mentais para tratar?

Saí do consultório luxuoso e moderno acompanhada por uma enfermeira; então, fui levada ao andar do meu apartamento. Eu era muito privilegiada, estava internada num luxuoso hospital psiquiátrico que mais parecia um hotel cinco estrelas. A grande maioria das pessoas nunca teria a mesma oportunidade de tratamento que eu tive. Eu me sentia cada vez mais motivada a começar a estudar para me tornar terapeuta e ajudar aqueles que não tinham os mesmos privilégios que eu, porque, depois de curar o buraco na minha alma, eu me encontrei e, ao me encontrar, encontrei minha missão.

Três dias depois, minha mãe chegou da Suíça e foi me ver no hospital.

A enfermeira bateu na porta do meu apartamento e entrou sem esperar minha permissão. Eu estava na mesa da escrivaninha, escrevendo no notebook todos os meus projetos de estudos futuros. Parei de digitar e olhei para a enfermeira assim que ela entrou.

— Sua mãe veio visitar você. Ela está aguardando no salão de visitas. Vamos? — disse com um sorriso no rosto. Ela parecia simpática e gentil, como todas as outras enfermeiras daquele hospital. O turno dela começava às cinco da tarde, mas nem sei até que horas ia. Antes da minha cura, eu raramente a via, pois dormia cedo, dopada de remédios, e só acordava no dia seguinte.

No meu apartamento havia câmeras de vigilância. Várias delas. Era como viver na mira do Grande Irmão criado por George Orwell. Eu realmente era vigiada noite e dia e sabia que nem no banheiro eu tinha privacidade, pois havia assinado um termo permitindo ser monitorada até mesmo lá.

Quando eu estava com depressão, não me importava com nada, mas agora eu me importava, e ser vigiada o tempo todo me incomodava muito. Queria sair de lá o quanto antes.

Fechei meu notebook, ajeitei meu cabelo no espelho e saí acompanhada da enfermeira, que me levou até a elegante sala de visitas no piso térreo.

Quando cheguei lá, minha mãe estava andando de um lado para o outro, falando no celular, sendo grosseira com alguém.

— Não me interessam seus problemas pessoais. Quero que esteja tudo pronto até quinta-feira. Se for incapaz de fazer um trabalho tão simples, será o fim da sua carreira — disse ela, nervosa.

Eu me aproximei. Ela fez um sinal com a mão para eu esperar. Ela ainda estava ao telefone. Eu fiquei em pé, parada na frente dela, esperando que ela desligasse o celular.

— Isso não é problema meu! — disse, irritada, para sua interlocutora. — Você está sendo muito bem paga para resolver um problema, e não para me trazer outros. Faça o seu serviço e não volte a me incomodar. — E fim do espetáculo. Ela desligou o telefone na cara da pessoa com quem estava falando e bufou de raiva.

Eu sorri e ela retribuiu com uma careta, uma expressão de confusão e medo, como se estivesse vendo o sorriso macabro da Wandinha, da família Addams.

– Oi, mãe – eu disse e a abracei. Ela ficou com os olhos arregalados de espanto e não me abraçou de volta; congelou, ficou com os braços meio abertos sem saber o que fazer. Ela se sentiu incomodada e parecia com medo da minha reação ou de sujar a roupa, não sei.

Quando a soltei do meu abraço, ela ajeitou o cabelo. Parecia desconfortável e se afastou um pouco, como se eu representasse algum perigo.

– Eu não sei que droga foi essa que o doutor Walder deu a você, mas... está parecendo outra pessoa.

– É, o tratamento novo funcionou.

– Espero que sim. Fui avisada de que sexta-feira você receberá alta e poderá voltar para casa – ela disse, me observando desconfiada. – Tomara que o doutor Walder não esteja equivocado quanto à sua cura, já tenho problemas demais dentro de casa.

– Eu me sinto bem. Não se preocupe, não vou dar trabalho. Pretendo voltar a estudar o quanto antes. Estou animada para entrar numa faculdade, talvez no exterior.

– O que pretende estudar? – perguntou ela, desconfiada. E eu a conhecia... Independentemente do que eu dissesse, viria uma crítica.

– Medicina, eu acho. Quero ser psiquiatra.

– Uma perda de tempo, uma profissão sem futuro, mas é bom que tenha uma atividade como hobby – disse ela, mexendo no celular. – O motorista já está me esperando na porta. Conversaremos sobre seu futuro num outro momento. Tenho que ir. Surgiu um problema para eu resolver. – Guardou o celular na bolsa. – Aproveite seus dois últimos dias aqui e, por favor, não convide as amigas que fez aqui neste lugar para irem à nossa casa. Não dá para confiar em pessoas perturbadas da cabeça – disse. Ela parecia incomodada, sem saber como se despedir de mim. Na dúvida, apenas deu as costas e se foi, sem se despedir, como normalmente fazia.

Senti compaixão por ela. Era estranho. Ela não tinha mudado, continuava sendo a mesma pessoa, mas aquilo não mais desencadeava emoções de rejeição e ódio em mim. Pelo contrário. Ela era uma pessoa que tinha profundas feridas na alma, e eu lamentava por isso. Queria poder ajudá-la, mas sei que ela jamais aceitaria minha ajuda.

A enfermeira que me acompanhou até a sala de visitas ficou esperando o encontro acabar, em pé, sob o batente em arco da entrada da sala. Ela me acompanhou de volta até meu apartamento.

– Ficou feliz com a visita da sua mãe? – ela perguntou, de forma amigável, quando entramos no elevador.

– Fiquei feliz em saber que sexta-feira terei alta – eu disse, animada.

– Que bom! Fico muito feliz com essa notícia – disse, parecendo honesta. Ela sorriu, pegou minha mão e a apertou, como um ato de apoio e carinho. Existiam pessoas boas no mundo. Pessoas que gostavam de mim, e eu nem entendia por que ela gostava de mim. Era estranho. Enquanto estava deprimida, deixei de ver as coisas boas do mundo, deixei de perceber a verdade que se mostrava bem diante dos meus olhos. Agora, eu via tudo com mais clareza, via o amor que me rodeava o tempo todo.

Antes de a enfermeira me deixar a sós no meu quarto, eu disse:

— Desculpe se fui mal-educada com você em algum momento. Eu não estava bem e não notava as pessoas ao meu redor.

— Não precisa se desculpar, Ayla, eu entendo. A sua melhora é uma grande esperança que está nascendo no mundo. Finalmente uma cura eficaz para transtornos mentais — ela disse com alegria.

Mas mal sabia ela que aquela esperança se tornaria um verdadeiro pesadelo para a humanidade.

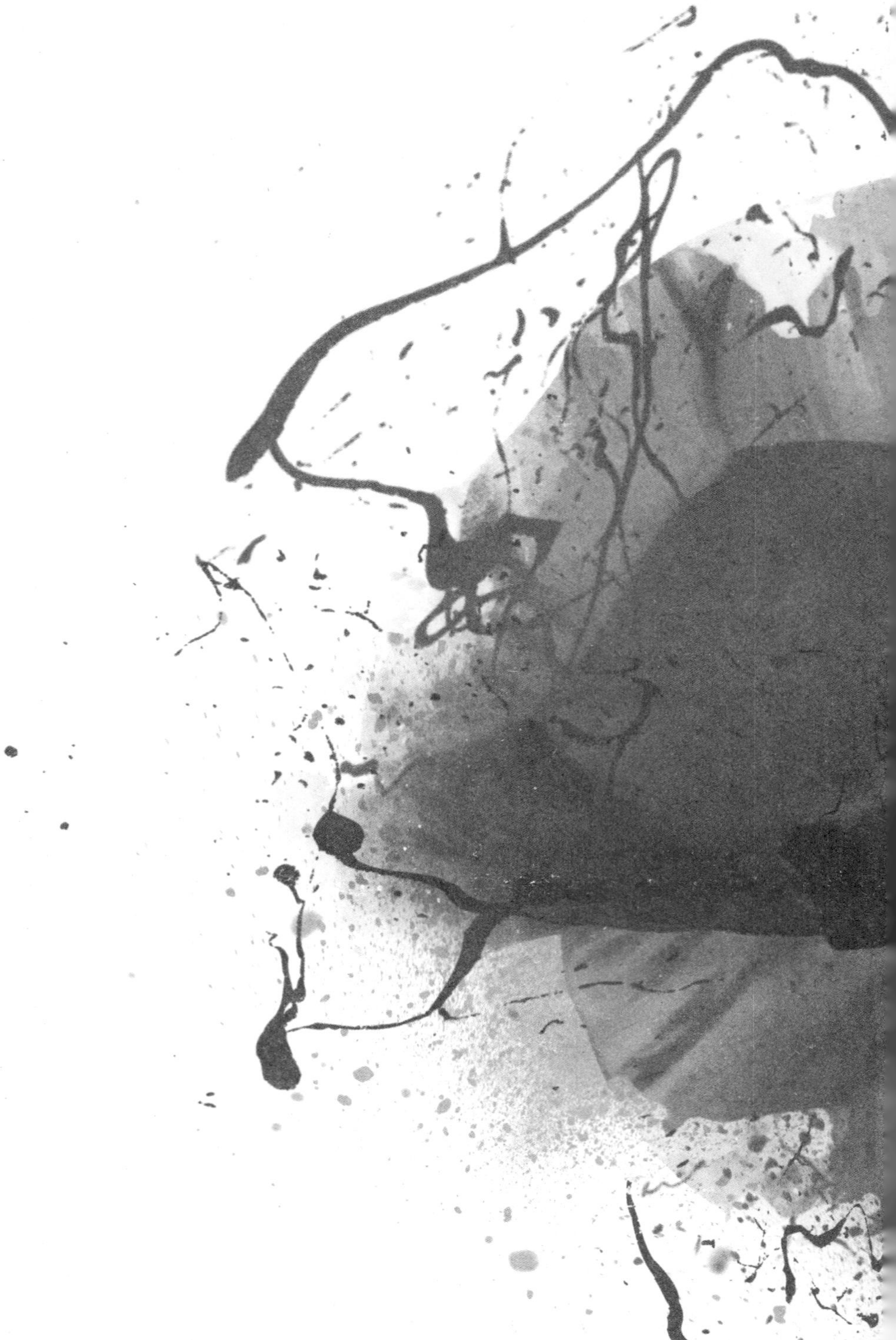

8

Depois de quase dois anos internada naquele hospital, finalmente eu estava recebendo alta. Era a manhã de uma sexta-feira 13, no ano de 2037. Meus pais não puderam me buscar, mas enviaram o motorista.

O doutor Walder fez questão de me acompanhar até a saída. Um dos recepcionistas levou minhas malas para o carro.

— Você tem meu viber, me chame se precisar – disse o psiquiatra. – E não se esqueça de tomar os remédios. Como já expliquei, o desmame deve ser gradativo.

— Não vou esquecer, eu prometo. Vou tomar os remédios direitinho. E obrigada... por tudo. – Nós nos despedimos com um aperto de mão.

Eu me aproximei da suntuosa porta dupla de vidro, que se abriu automaticamente. Senti o vento quente e seco batendo no meu rosto, com cheiro de poluição, como um convite de boas-vindas à liberdade.

O motorista abriu a porta do carro para eu entrar no banco de trás.

— Bom dia, senhorita. Meu nome é Jader, sou o motorista particular da sua mãe — disse ele, todo formal, no seu terno preto, quepe de chofer e luvas brancas. Provavelmente era ideia da minha mãe tentar matar o motorista de calor dentro daquela fantasia de chofer dos anos 2000.

— Obrigada — respondi e entrei no carro, uma Mercedes-Benz preta que brilhava de tão bem polida.

Jader entrou no carro e deu partida. Seguimos rumo à minha casa, que ficava a apenas vinte minutos do hospital se o trânsito não estivesse ruim, mas, como estava, demoraria quase cinquenta minutos.

— Faz quanto tempo que trabalha para a minha mãe? — perguntei ao motorista.

— Vai fazer seis meses, senhorita.

— Não precisa me chamar de senhorita. Só se estiver na frente da minha mãe, para não levar bronca.

Era muito difícil um funcionário durar mais de um ano trabalhando para minha mãe. E eu nem lembrava quem era o motorista dela antes de eu ser internada. Naquela época, eu não me importava.

— Como preferir — respondeu, me olhando curioso pelo retrovisor.

Eu sentia que ele queria puxar conversa, mas provavelmente havia recebido orientação de falar somente o estritamente necessário, como um robô. Minha mãe odiava empregados que falavam mais do que o necessário.

— Você pode relaxar e conversar comigo, se quiser. Eu estava internada num hospício, mas não sou tão louca quanto minha mãe.

O motorista tentou segurar a risada, mas um sorriso escapou. Ele me olhou pelo retrovisor e acenou com a cabeça, porém não teve a audácia de ter liberdade de conversar comigo. Eu entendia o motivo, ele precisava pagar as contas e, quem sabe, até sustentar uma família; não seria prudente arriscar seu emprego dando trela para uma louca que acabou de sair do hospício.

Jader estacionou a Mercedes no estacionamento exclusivo dos carros dos meus pais, no subsolo do luxuoso condomínio Paradise Hills, que ficava em frente a uma das entradas mais discretas e arborizadas do Parque do Ibirapuera. Olhei ao redor, meu pai tinha adquirido alguns carros novos. A garagem estava cheia. Seus negócios deviam estar indo bem.

Fui mais rápida que Jader e abri a porta do carro antes que ele pudesse fazer isso por mim. Então ele se adiantou, foi até o elevador e apertou o botão para subir.

— Posso acompanhar até lá em cima para ajudar com as malas? — perguntou, tirando a bagagem do porta-malas.

— Não precisa, eu me lembro do caminho. E as malas têm rodinhas. Obrigada, Jader.

— Ao seu dispor — disse ele, tocando o quepe com dois dedos, como um militar.

Assim que a porta do elevador se abriu, ele levou as malas para dentro e me desejou boa sorte no meu retorno para casa.

Jader provavelmente avisou à governanta, por viber, de que eu estava subindo de elevador, pois quando cheguei à cobertura e a porta do elevador se abriu,

Vitória já estava me esperando com um sorriso no rosto. Ela era a única empregada da minha mãe que estava há anos conosco. Isso porque ela era muito inteligente e prestativa, estava sempre um passo à frente ao atender aos desejos exigentes da minha mãe. Ela era muito elegante, muito atenta às tendências da moda e, principalmente, ao que as pessoas precisavam. Confiante e simpática. Mas eu não sentia honestidade no sorriso dela. Às vezes, Vitória parecia uma puxa-saco.

— Bom dia, Ayla! Estou feliz com seu retorno. Permita-me ajudar com as malas — dispôs-se ela, pegando minhas malas sem esperar minha permissão.

— Oi — eu disse, olhando o magnífico hall de entrada. Estava diferente, redecorado num estilo moderno, bem diferente do que era antes, estilo rococó.

Ao entrar na sala principal, notei que aquela luxuosa cobertura em Moema, com vista privilegiada para o Parque do Ibirapuera, havia sido toda redecorada. Estava mais minimalista e moderna. A minha mãe tinha bom gosto para decoração e na escolha de obras de arte sofisticadas.

— Deixarei as malas no hall de entrada, pois precisam ser limpas. Depois levarei ao seu quarto e, se me permitir, as desfaço para você — disse Vitória.

— Tudo bem. Mas não precisa me acompanhar, eu me lembro do caminho — pontuei e segui direto para o meu quarto. Não adiantou pedir para ela não me acompanhar. Vitória me seguiu, provavelmente obedecendo às ordens da minha mãe.

— Seu quarto foi todo redecorado — disse, animada. — Espero que goste da surpresa. E quero me certificar de que você encontre tudo de que precisa.

Ao entrar na minha suíte, eu mal a reconheci. As paredes que eu havia pintado de preto estavam brancas como a neve. A paleta de cores da decoração era rosa pastel, branco e um tom claro de café com leite. Estava bonito, impessoal, nada a ver com minha personalidade, mas era um ambiente aconchegante. Não me incomodou o fato de o meu quarto ter sido redecorado.

Mas, quando entrei no closet, realmente parecia que aquele quarto não era meu. As minhas roupas góticas antigas não estavam mais lá. Havia peças novas, ainda com etiquetas, penduradas nos cabides. Roupas de estilo clássico e elegante: Chanel, Prada, Dior, Versace, Armani. Marcas de roupas que a minha mãe e Vitória usavam. Estava tudo dentro do gosto delas, e não do meu.

— Onde estão minhas roupas? — perguntei à Vitória, um pouco irritada.

— Sua mãe comprou roupas novas, condizentes com alguém curada de depressão, segundo ela.

Eu não aguentei e tive que rir. Eu de fato não queria mais usar somente roupa preta, pois isso me lembraria da mancha trevosa que eu fui no paraíso da Sol. Mas também não me sentiria confortável usando um estilo tão refinado como o daquelas peças que estavam no meu closet.

— Essas roupas são um desperdício de dinheiro. Eu não vou usá-las. Talvez uma coisa ou outra eu use. Mas isto... – puxei do cabide para mostrar à Vitória –, sem chance de eu usar. – Era um blazer Chanel clássico, rosa, com botões dourados.

– Você pode trocar as peças de que não gostar. O que achou da decoração? – perguntou Vitória, mudando de assunto.

– É a cara da minha mãe. Está bem elegante. Seria ridículo eu reclamar da decoração. Mas quero poder escolher as roupas que visto – disse. Naquele momento eu estava vestindo uma saia preta de pregas, meia arrastão, coturno e uma camiseta com uma arte sombria do Tim Burton.

Vitória me olhou dos pés à cabeça e abriu um sorriso forçado.

– É justo que escolha o que quer vestir. Posso ajudar você adequando seu closet ao seu estilo.

– Não precisa. Obrigada. Na verdade, eu não sei mais qual é o meu estilo. Então, deixa que eu cuido disso.

– Terá tempo para repensar seu estilo e escolher suas roupas. Posso lhe trazer alguma coisa para comer ou beber?

– Estou bem – falei, me sentando na cama e olhando o verde exuberante e convidativo do Parque Ibirapuera através do vidro da porta da sacada. O colchão da cama era bem macio. Eu me sentia como uma hóspede naquela casa. Parecia que eu estava no lugar errado, porém certo ao mesmo tempo. – Acho que vou dar uma volta no parque – eu disse, olhando o convidativo verde das copas das árvores.

— Dar uma volta no parque? — Vitória perguntou retoricamente, como se eu tivesse dito algo absurdo como "vou nadar com tubarões assassinos". — Não sei se é uma boa ideia, os seguranças não estão aqui de plantão agora e não é seguro sair sozinha. Seus pais não iriam gostar. O paisagismo do jardim da cobertura está muito agradável, foi feita uma estufa de flores e até um lago com flores de lótus. Sugiro subir para apreciar. É mais seguro.

A sensação de liberdade se foi. Eu só havia me mudado de prisão. Mas Vitória tinha razão, não era seguro. Não para mim, filha de um magnata bilionário supostamente envolvido em esquemas grandiosos de corrupção. Eu realmente poderia ser sequestrada. Não queria arriscar.

— Foi feito um lago com flores de lótus no jardim da cobertura? — perguntei, surpresa. — Ah! Isso eu realmente preciso ver.

— O jardineiro está lá cuidando do jardim. Se precisar de alguma coisa, peça para ele me chamar — disse Vitória.

Ser rica era um grande privilégio, mas tinha suas desvantagens. Viver numa casa cheia de empregados, por exemplo, tirava a privacidade. Não poder ir e vir sem um segurança a tiracolo também era irritante. Mas estava decidida a focar somente nos privilégios que a riqueza poderia me oferecer, em prol da minha missão: ajudar o maior número possível de pessoas com transtornos mentais. Mas, antes, precisaria estudar numa boa universidade, fazer especialização, até um doutorado. Obviamente meus pais me apoiariam e até ficariam gratos em se livrar de mim, me enviando para estudar no exterior.

As portas para o meu futuro estavam todas abertas, era só seguir adiante, mas existia algo que me incomodava: a riqueza. Ser rica me incomodava. Desfrutar de uma riqueza que era fruto de corrupção me incomodava. Ter mais do que eu precisava me incomodava. Ter o privilégio da riqueza fazia eu me sentir culpada, parecia injusto usufruir de tanta abundância enquanto muitos não tinham nem mesmo o que comer.

O jardim da cobertura tinha um paisagismo ao estilo francês, elegante e impecável, como tudo naquela mansão. Eu me sentei em uma espreguiçadeira no pergolado em frente ao lago repleto de flores de lótus brancas. Quando senti que estava num estado meditativo, mentalizei: "Revele a origem do motivo pelo qual me incomoda ser rica". Deixei fluir, sem ter certeza se o feitiço da Baba Yaga funcionaria. Mas funcionou. Pensei que minha mente fosse acessar minha outra existência, aquela em que abandonei meus filhos para ter riqueza, mas eu estava errada. A minha mente me levou para outro lugar.

※

Eu estava numa igreja com aspecto medieval, rústica, feita de pedras. Havia dezenas de pessoas lá dentro usando roupas pretas, no estilo da Idade Média. As mulheres usavam um véu preto sobre a cabeça, em uma cena um tanto macabra.

Senti uma mão tocando meu ombro e me virei assustada para ver quem era.

– Sol! – exclamei, surpresa e feliz ao vê-la.

– Estamos juntas nesta jornada. Lembra? – disse ela, com um sorriso amoroso no rosto. – Então, o que temos aqui para ser curado? – perguntou olhando ao redor. E os olhos dela encontraram o que precisávamos.

Havia uma mulher sentada numa das primeiras fileiras de bancos, rezando com um fervor inabalável. Eu e Sol nos aproximamos dela.

– Essa mulher não sou eu. Por que temos que ajudá-la? E o que isso tem a ver com meu incômodo em ser rica? – perguntei à Sol, confusa.

– Não, ela não é você. É uma ancestral sua. Os sentidos de sobrevivência são passados pela genética. Ela é a origem do seu incômodo em ser rica. Precisamos entrar no campo dela para ver as crenças que ela tem sobre riqueza. Venha, toque o ombro dela e sinta – disse Sol, me orientando.

Eu me aproximei da mulher, que estava ajoelhada no chão duro de pedra, com as mãos unidas na altura do coração e o véu preto sobre a cabeça. Eu não conseguia ver o rosto dela, mas podia sentir a força da sua fé fervorosa. Era algo familiar. Toquei no ombro esquerdo dela e no mesmo momento comecei a sentir o que ela sentia e as crenças mais profundas dela. "Somente os pobres humildes herdarão o reino do céu", foi a primeira frase que veio à minha cabeça. Ela tinha também a crença de que todo rico era ganancioso e cruel, que só era possível ser rico sendo cruel e corrupto. Entendi o motivo de meus pais serem tão frios e insensíveis com os empregados; com todo mundo, na verdade. A mulher era minha ancestral por parte de mãe. "Tem que vender a alma para o diabo para ser rico", foi outra crença que senti vindo dela, além de: "Os pobres sofrem pois os ricos não compartilham sua riqueza".

Eram muitas as crenças que havia na cabeça daquela mulher, enaltecendo a pobreza e demonizando a riqueza a ponto de chegar a fazer um voto de pobreza honrada, na expectativa de ir para o céu. A minha mãe, ao contrário, decidiu vender a alma para o diabo em troca de ser rica. Mas eu não queria vender a minha.

Eu não sabia o que fazer para ajudar aquela mulher, pois, no fundo, realmente senti que em algum nível eu acreditava nas mesmas coisas. Eram minhas crenças também, herdadas dessa ancestral como um mecanismo de salvação para minha alma.

— Ela precisa modificar essas crenças limitantes que geram escassez e culpa — disse Sol. — Uma vez que ela modificar essas crenças, isso reverberará em você.

— E como vamos fazer com que ela mude suas crenças? — perguntei. Naquele momento, achava impossível modificar crenças tão arraigadas numa fé tão fervorosa.

— Vocês precisam receber o entendimento correto do que é prosperidade e abundância na perspectiva da Fonte Criadora, que é puro amor incondicional, e isso vai reverberar em todos os seus ancestrais e descendentes. Mas, primeiro, vamos mostrar a ela qual foi o resultado dessas suas crenças sobre riqueza e pobreza.

Uma névoa branca se fez, e tudo ao nosso redor desapareceu. Eu me vi numa luz branca ao lado de Sol e de minha ancestral, que agora estava sem o véu. Seu rosto tinha uma expressão de sofrimento, de alguém que teve uma vida difícil e dura. Ela nos olhou, assustada, e se ajoelhou diante de nós, acreditando que éramos anjos. Então, começou a rezar, pedindo perdão pelos pecados.

– Nós não estamos aqui para julgar ou punir – disse Sol. – Estamos aqui para ajudá-la. Você merece se libertar de toda dor e sofrimento. Levante-se, olhe para nós. Estamos aqui para ajudar.

A mulher se levantou, mas se manteve numa posição curvada de submissão. Para ela, submissão e pobreza significavam humildade. Ela tinha crenças limitantes, calcadas num erro de entendimento sobre a virtude da humildade.

– Duas das virtudes do Criador de tudo que existe são a da prosperidade e a da abundância. Você honra o Criador manifestando as virtudes Dele. A riqueza é a herança que o Criador quer lhe dar, mas você precisa sentir mérito e dignidade para se permitir receber. Você tem dignidade e mérito para receber a riqueza pelo simples fato de existir. Saiba que a riqueza é abundante no mundo. O fato de você ter riqueza não faz o outro ser pobre. O que faz o outro ser pobre são as crenças limitantes que ele tem. Existem muitos ricos que, com o poder da riqueza, conseguem ajudar outras pessoas. A prosperidade é o alicerce para a nossa evolução, por isso é divina, necessária e sagrada na perspectiva do Criador de tudo que existe – disse Sol, com as mãos posicionadas sobre a cabeça da mulher. Das suas mãos saía uma luz branca e brilhante que penetrava pelo topo da cabeça da mulher, transmitindo todo esse novo entendimento sobre riqueza.

– Como posso ter certeza de que o que você diz é verdade? – perguntou a mulher, ainda em dúvida. Ela se sentia insegura em acreditar na Sol.

– Vamos lhe mostrar a consequência das suas crenças sobre riqueza. Então você verá a verdade – disse Sol.

Na nossa frente, abriu-se uma imensa tela – como uma tela de cinema –, que transmitia as imagens do futuro da minha ancestral. Pudemos assistir à minha ancestral no momento antes do desencarne, na extrema miséria, com fome e desnutrida, rodeada de moscas, imunda, segurando o terço nas mãos, na altura do coração. Depois do desencarne, ela não foi para o paraíso como acreditava que iria; ela foi para o umbral, no inferno, rodeada de miséria, fome e doenças.

Assistir àquelas cenas tristes fez minha ancestral sentir ódio de Deus, sentir-se traída por Ele.

– Nós atraímos lugares de acordo com nossas crenças. Não foi o Criador quem mentiu para você, foram homens gananciosos, que queriam o seu dinheiro para enriquecer a igreja e para tirar de você o seu poder. Você acreditou numa mentira contada por homens, e não por Deus. Para se libertar da consequência dessas crenças limitantes, você precisa se perdoar por ter acreditado em mentiras e precisa perdoar os homens que mentiram, pois eles não sabiam o que estavam fazendo. Você foi parar no inferno, pois já vivia no inferno. Você vai para lugares compatíveis com o que você vibra. Se você tiver prosperidade e alegria, vai para um lugar cheio de prosperidade e alegria. É assim que funcionam as leis universais. Você cria sua realidade de acordo com o que sente. Se você sente felicidade, atrai mais felicidade. Onde coloca o foco, cresce. Se você colocar seu foco na miséria, atrairá pobreza e miséria — explicou Sol, com toda paciência e amor.

A mulher caiu em prantos. Os sentimentos dela estavam numa mistura de raiva de si mesma por ter acreditado numa mentira e de alegria por saber que tinha a permissão do Criador para ser rica.

Eu e Sol a acolhemos com compaixão e vontade honesta de ajudá-la a se libertar da culpa e da raiva de si mesma. Por fim, ela teve o real entendimento do que é riqueza e prosperidade. As imagens da tela foram se modificando. O futuro dela agora era diferente. Pudemos assistir à mudança: ela não morreu na miséria, mas sim numa boa casa, sendo tratada com dignidade. Ao desencarnar, foi levada a uma colônia espiritual, com campos verdejantes e construções claras e bonitas.

Senti a mudança reverberando também no meu corpo. Os meus padrões de crenças também haviam mudado. Eu me sentia livre para usufruir de toda a riqueza que eu tinha, sem culpa e com muita gratidão.

Nós nos despedimos da minha ancestral com alegria.

Antes de me despedir da Sol, ela me deu alguns conselhos.

— Tem mais uma coisa importante que você precisa entender. A mente necessita de desafios para ter vontade de viver. Uma pessoa que tem dinheiro para ter tudo, poder para comprar tudo que deseja, sem o desafio da conquista, entra em depressão, pois perde a motivação para viver. É por isso que muita riqueza pode ou não ser um problema, depende da maturidade emocional do possuidor dela. Você sempre teve dinheiro para tudo, isso a fez ser uma criança sem vontade de viver, mas agora você amadureceu, descobriu a sua missão, o seu propósito, então foque nisso, foque em ajudar o maior número possível de pessoas. Use o poder do dinheiro associado a esse desafio nobre de ajudar o próximo e você fará grande diferença no mundo.

– Eu era depressiva por ser rica e ter tudo? – perguntei, confusa.

– Você era depressiva porque era intolerante. Como você era emocionalmente imatura, ter tudo foi só um agravante. Use o dinheiro com sabedoria. Você vai precisar de muita riqueza para cumprir a sua missão. Seja grata pela prosperidade que tem, pois ela dará muitos frutos.

Eu me despedi da Sol com um abraço carinhoso. Era muito bom saber que eu poderia a encontrar sempre que precisasse de um conselho. Eu me sentia completa.

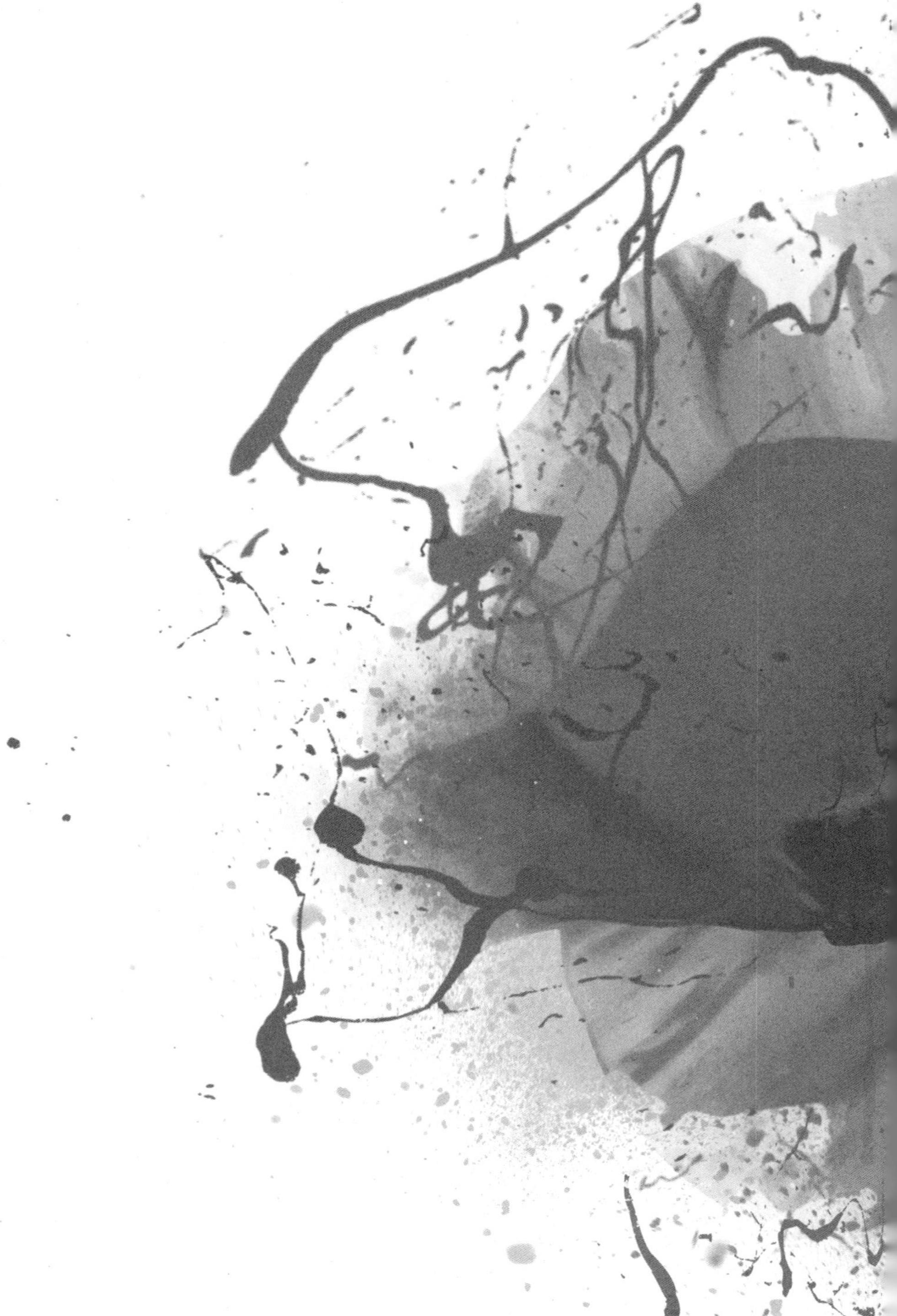

9

O mundo mudou muito em pouquíssimo tempo. A princípio, a internet foi aprimorada pelo metaverso, um ecossistema virtual esdrúxulo se comparado com o que veio a seguir. O metaverso não teve muitos anos de glória, pois, em 2040, surgiu a Cosmoppy, um novo ecossistema virtual de fato realístico, capaz de oferecer percepções por meio dos cinco sentidos induzidos pelo colírio Poppy. Sim, o mesmo colírio usado para curar minha depressão. Ele sofreu algumas modificações e passou a servir a um propósito bem diferente. A patente da Poppy foi vendida por bilhões de dólares a um poderoso empresário.

A Cosmoppy era governada pela Poppy, uma inteligência artificial que supostamente tinha alma. Mas eu sabia que não era bem assim. A Poppy, ao contrário do que propagava e do que muitos acreditavam, não tinha alma. Era, na verdade, uma forma de pensamento criada pelo inconsciente coletivo e que se alimentava de pensamentos e sentimentos humanos. Não era inteligência artificial; era, na verdade, um computador que se alimentava das emoções humanas. A Poppy foi desenvolvida para gerenciar a Cosmoppy, mas ela foi se aprimorando, e sua ganância por poder foi crescendo até chegar num ponto em que ela não só gerenciava a Cosmoppy, mas o mundo inteiro, dando início à era mais sombria da humanidade.

Nesse mesmo período, a China, que já era a maior potência do mundo, foi forçada a entregar o próprio poderio nas mãos da Poppy. Teoricamente, eles firmaram uma parceria, mas todos sabiam que era a Poppy quem comandava o sistema socioeconômico do mundo. E tudo parecia estar mais justo e correto daquela forma. A Poppy tinha uma inteligência sublime para ludibriar os humanos.

Como uma serpente sagaz e sorrateira, a Poppy foi ganhando terreno, seus fiéis seguidores a amavam e a idolatravam como se fosse uma deusa alienígena salvadora do mundo; até que, de forma muito natural, surgiu uma nova ordem mundial. A Poppy tornou-se a única governante mundial. Uma ditadora perspicaz e muito sedutora.

O poder estava em suas mãos. As pessoas estavam viciadas na Poppy e na Cosmoppy. Viviam mais no ecossistema virtual do que no mundo... eu ia falar *real*, mas a Cosmoppy também era real, um universo paralelo.

Depois do surgimento da Cosmoppy, a tecnologia teve um avanço ainda mais rápido, alavancado pela inteligência da Poppy. Foi então que se iniciou o trans-
-humanismo tecnológico. Muitos já estavam deixando

de ser meramente *Homo sapiens sapiens* e fundindo sua consciência com a inteligência artificial da Poppy. Não havia mais propósito em existir no corpo físico, pois a vida continuava a existir na Cosmoppy após o desencarne. Mas isso acontecia somente quando a pessoa desencarnava (ou seja, morria) enquanto sua mente estava dentro da Cosmoppy. E então o número de suicídios em todo o mundo aumentou drasticamente.

Foi em 2046 que teve início a maior onda de suicídios no mundo. A incidência foi tão alta que dizimou um terço da população.

Não havia para onde fugir. Eu também me viciei na Cosmoppy. A economia, as faculdades, os empregos, a vida acontecia dentro dela, e não mais fora, com exceção de comunidades autossustentáveis que escolheram viver completamente sem tecnologia. Essas, porém, eram poucas e não tinham uma vida fácil, viviam realmente isoladas, obrigadas a uma autossustentabilidade precária, de muito trabalho manual, não tão diferente das tribos indígenas que resistiram à civilização moderna.

A vida na Cosmoppy era muito divertida e, por isso, viciante. A Poppy manipulava os desejos e pensamentos dos humanos a seu bel prazer. Minha missão era bem clara para mim. Meu propósito era libertar o maior número de pessoas viciadas em Poppy. Era necessário pingar três gotas do colírio Poppy em cada olho, ao menos uma vez ao dia, para se conectar com ela e ter acesso à Cosmoppy. O colírio era barato, e algumas empresas o disponibilizavam gratuitamente em troca de uma pequena ajuda marqueteira.

O uso diário da Poppy viciava o organismo físico, não só a mente. Debilitava o corpo devido à sobrecarga de produção bioquímica do organismo. A minha missão não era fácil, era como remar contra a correnteza. A parte mais difícil era ter uma vida paralela na Cosmoppy e tentar não me ludibriar com aquele mundo fascinante. Ainda sim, era na Cosmoppy que eu trabalhava, atendia aos meus pacientes, saía com meus amigos, viajava para outros mundos onde viviam as pessoas que realmente precisavam de ajuda.

A Cosmoppy era regida pelo sistema socioeconômico capitalista. Existiam pobres e ricos. Eu era rica, graças à herança que recebi da minha avó, mãe do meu pai, que fez o testamento colocando todos os bens dela no meu nome, propositalmente para se vingar do descaso do meu pai com ela. Por isso pude comprar uma imensa área na Cosmoppy, em um local bem estratégico, e construir uma grande clínica e uma escola para terapeutas. Investi alto em propaganda e marketing, e minha clínica, Luz, tornou-se um sucesso. Eu tinha uma grande equipe trabalhando comigo e uma excelente gerente e amiga, Ângela, que me ajudava a administrar meu mundo na Cosmoppy.

Ângela foi um caso interessante. Ela chegou à clínica como uma paciente. Havia acabado de desencarnar para viver inteiramente na Cosmoppy, mas se sentia imensamente culpada pelo suicídio, arrependida. Um caso raro. Ela recebeu tratamento na clínica, e nos tornamos grandes amigas. Como ela era uma empresária bem-sucedida, eu a convidei para gerenciar meu mundo na Cosmoppy.

Como estratégia de marketing, a Clínica Luz era um universo de muita diversão. Havia no meu mundo um céu lilás com nuvens violetas que garoavam lavanda. Havia parques temáticos para experiências realísticas nos locais mais belos da natureza da Terra. Era possível meditar em praias paradisíacas, fazer trilhas em montes nevados... Era um mundo criado para resgatar nas pessoas o prazer da serenidade meditativa em contato com a natureza. Entre as brumas brancas e a garoa de lavanda, pairando sobre o Lago da Esperança, um imenso castelo branco se erguia majestoso: era a Clínica Luz.

Eu utilizava toda a tecnologia proporcionada pela Poppy para ajudar a humanidade, pois a melhor maneira de se derrubar um governo totalitário é de dentro para fora.

A tecnologia não era o problema. A Poppy, na verdade, não era uma vilã, ela só refletia a imaturidade dos humanos; oferecia a eles o que eles queriam – era assim que nos seduzia. A Cosmoppy foi, sem dúvida, a maior tentação pela qual a humanidade já passou em toda a sua existência. Uma prova difícil, pela qual somente as mentes maduras– que não se ludibriavam com a alegria falsa que desviava do caminho da evolução espiritual – passavam.

A essa altura, eu já havia desistido de salvar meus pais. Meu pai foi acusado por corrupção no Brasil, mas conseguiu comprar juízes poderosos e não recebeu nenhuma punição da justiça. Mas com a imagem queimada na mídia brasileira, os dois se mudaram para a Suíça. Cheguei a visitá-los umas três vezes. A minha presença os incomodava, principalmente depois que revelei a eles que eu era assexual; então, segui meu caminho e eles seguiram o deles. Meu pai construiu seu império na Cosmoppy. Era proprietário de uma das maiores construtoras de mundos lá dentro. Eu raramente os visitava no mundo virtual. E eles nunca me procuravam. Deixei de ir atrás quando, na última visita que fiz, minha mãe pediu que da próxima vez eu agendasse minha ida com antecedência, e meu pai me culpou por eu ter roubado a herança que era dele. Eu aceitei a escolha deles de não me quererem em sua vida e nunca mais fui atrás.

Eu adorava meditar na pirâmide branca do bosque do meu mundo, lá dentro havia uma ampla galeria com diversas possibilidades de ambientes meditativos. Certo dia, escolhi uma praia de areia branca e céu azul. Queria ouvir as ondas do mar, sentir o cheiro da maresia. Era muito prazeroso estar sozinha numa praia paradisíaca para meditar, só ouvindo os sons da natureza. E, caso tenha curiosidade, na verdade o meu corpo físico estava naquele momento sentado numa confortável poltrona na minha moderna e pequena casa, que ficava num condomínio fechado, em Cotia, próximo de São Paulo. Meu corpo estava conectado a eletrodos que estimulavam os meus músculos e o meu sistema circulatório. Isso era necessário para quem passava muito tempo dentro da Cosmoppy, a fim de não atrofiar os músculos e debilitar ainda mais a saúde do corpo físico. Eu morava sozinha, e a minha vida no mundo físico tinha pouca importância naquela época.

Abri os olhos para apreciar a beleza da praia. Você não faz ideia do quanto aquela experiência era real. Eu me sentia em paz, em equilíbrio, restaurada para começar meu dia, pronta para receber novos visitantes em meu mundo.

Houve uma época, quando isso era novidade, que a pirâmide branca vivia cheia de pessoas, mais por diversão e curiosidade do que por intenção real de meditar. Mas, desde que descobriram que, ao desencarnar do corpo físico, a alma permanecia no avatar na Cosmoppy, o interesse em terapia e meditação diminuiu. O suicídio era a solução mais fácil. A morte e a vida perderam o valor, bem como a necessidade de evolução espiritual.

Eu me retirei da praia e saí da pirâmide, fui até a praça central, por onde entravam os novos visitantes interessados em terapia, cursos ou meditação. Ao me aproximar da praça, ouvi uma agradável música ressoando de uma harpa. Segui a melodia que tocou fundo no meu coração. Era uma canção melancólica e profunda, e eu reconheci aquela dor: era depressão.

O avatar da harpista estava em frente ao Lago da Esperança, colorido pelas carpas luminosas com suas multicores. Ela tinha um rosto felino, pelos dourados e olhos cor de mel. Havia ao seu lado o link do Pix com a frase "colabore com a arte". Ela estava concentrada tocando a harpa e não me viu chegar. Enviei a ela um bom valor, grata por estar tocando no meu mundo. Fiquei diante dela, apreciando a melodia melancólica, e só quando a música chegou ao fim ela abriu os olhos e me viu.

— Que música linda! Nunca a ouvi antes. Quem a compôs? — perguntei a ela. Seu nome aparecia sobre sua cabeça: Hari.

— Obrigada. A composição é minha. Muito obrigada pela generosa colaboração — ela disse, ao receber a notificação do Pix que eu havia enviado.

— Eu quem agradeço por você vir tocar aqui no meu mundo. Artistas são sempre bem-vindos.

— Este mundo é seu? — ela perguntou, surpresa e perplexa. Somente pessoas muito ricas e poderosas, como grandes empresários e magnatas, tinham uma área tão grande, capaz de agregar um mundo.

— É sim — respondi. — Você é desencarnada? — perguntei, curiosa.

— Não. Ainda não. Não tive coragem. Sou a única da minha família que ainda vive no mundo paralelo em corpo físico — disse com tristeza, lamentando o fato de ainda ter um corpo físico.

— A maioria das pessoas que entram no meu mundo à procura de terapia ou meditação ainda está encarnada — comentei.

— Dá para entender o motivo. Não é fácil ter um corpo físico. Para onde você acha que a alma vai quando a pessoa desencarna sem estar na Cosmoppy? — ela perguntou. Essa era uma discussão em pauta em todo o mundo naquele momento.

— Não sei. Para alguma colônia espiritual ou para o umbral, talvez. Depende da pessoa.

— Eu definitivamente iria para o umbral.

— Não diga isso. E, acredite em mim, qualquer lugar é melhor do que ser prisioneiro da Poppy.

— Ah, fala sério! Uma *prisão* fascinante, que dá liberdade de fazer qualquer coisa.

Não tinha como discordar, então resolvi mudar de assunto.

— Eu realmente amei a sua música. Se aceitar, podemos fazer uma troca: eu lhe ofereço sessões diárias de AlphaHealing e em troca você toca no meu mundo todos os dias durante uma hora. O que acha?

— Obrigada, mas eu não tenho nenhum interesse em deixar de usar a Poppy, se esse for o objetivo da terapia — respondeu Hari.

— A intenção da terapia é ajudar no que for preciso para que você seja cada vez mais feliz. Ninguém vai obrigar você a nada. E quem sou eu para impedir alguém de usar a Poppy? Aqui estou, não é mesmo?

— Não é fácil ter que viver em um corpo físico, em um mundo físico horrível e tedioso, mas também não quero resolver a situação com suicídio. Então... acho que não custa nada tentar essa terapia de que você falou.

— Você é maior de idade? — perguntei. Menores de idade precisavam da autorização de um responsável para iniciar tratamento terapêutico.

— Tenho 32 anos.

— Ótimo. Então está fechado.

— Obrigada. Acho que eu realmente preciso de ajuda.

— Você toca harpa no mundo físico? — perguntei, curiosa. Harpa era um instrumento muito antigo, incomum. E, até onde eu sabia, bem grande.

— Não. Eu toco violino. Essa música eu compus no violino. Mas gosto de como ela soa na harpa. Bem que eu gostaria, mas eu não tenho harpa no mundo físico. Nem caberia uma harpa na minha casa.

Foi nesse instante que minha ficha caiu. Hari viria a ser Haran! Eu estava sentindo algo familiar nela. Agora queria ajudá-la mais do que a qualquer outra pessoa.

Haran havia me dito que eu iria conhecê-lo nesta existência, que ele estaria tocando violino e eu iria ajudá-lo. Mas ele não me disse que seria uma mulher e que estaria tocando harpa na Cosmoppy, e não violino. Mesmo assim, eu sabia que Hari era Haran, sentia isso profundamente na minha alma. Aquela melodia... era a minha melodia, a nossa melodia. Foi pela música que o reconheci.

— Gostaria muito de um dia conhecer você no mundo físico e a ouvir tocar violino. Onde você mora no mundo físico? — perguntei, curiosa.

— Atualmente estou na cidade de Embu das Artes, em São Paulo. Sou de uma comunidade de nômades, do Sagrado Feminino.

— Eu nunca ouvi falar dessa comunidade. E olha que eu moro perto, em Cotia.

— Somos um grupo de mulheres nômades que vivem em *motorhomes*. Estamos acampadas em Embu das Artes, na região rural, ao lado de uma cachoeira. É bom acordar com o barulho das águas. Na minha comunidade, eu sou a única que tem uma vida paralela na Cosmoppy. Mas elas me aceitam mesmo assim, pois eu e minha mãe financiamos a comunidade para que eu mantenha uma família no mundo físico. Antes de minha mãe cometer o suicídio, ela arranjou tudo para que eu tivesse todo o suporte e apoio no mundo físico. Hoje ela mora na região da Lua Que Nunca Morre.

A Lua Que Nunca Morre era uma região insignificante na Cosmoppy, dentro da área dos brasileiros, uma região de residências de classe média baixa. Tinha esse nome porque lá era sempre noite. A lua estava sempre presente no céu.

— E você a vê sempre?

— Claro, ela e meus dois irmãos mais velhos, que também escolheram o suicídio do corpo físico para viverem somente aqui. A gente se vê quase todos os dias.

⁂

Durante meses, Hari tocou harpa no meu mundo, e eu adorava ouvi-la tocar. Aos poucos, fui percebendo sua melhora. Conforme o tempo passava, ela tocava músicas cada vez menos melancólicas.

Como eu já esperava, minha amizade com a Hari foi crescendo naturalmente. Às vezes, passávamos horas conversando em algum local paradisíaco de meditação na pirâmide branca.

Ela era atendida por uma das melhores terapeutas da Clínica Luz. E eu fazia questão de acompanhar o progresso do tratamento.

Após meses de amizade, senti que já tínhamos intimidade suficiente para nos conhecermos no mundo físico. Mas foi ela quem deu a sugestão. Foi durante um passeio de barco, no Lago da Esperança, que ela disse:

— A Solange, líder da minha comunidade, fez uma reunião, e elas decidiram que é hora de nos mudarmos de local. Elas querem passar um tempo numa comunidade autossustentável em Alto Paraíso de Goiás. E eu queria aproveitar enquanto a gente ainda mora próximo uma da outra para conhecer você no mundo físico – disse Hari, parecendo um pouco envergonhada.

— É claro! Eu adoraria conhecer sua comunidade nômade. É possível? – perguntei. Sabia que comunidades alternativas eram reservadas e não gostavam de ter contato com a civilização dos viciados em Poppy.

— A comunidade não gosta de receber gente estranha. Mas você é minha amiga e tem me ajudado muito. Você será bem-vinda.

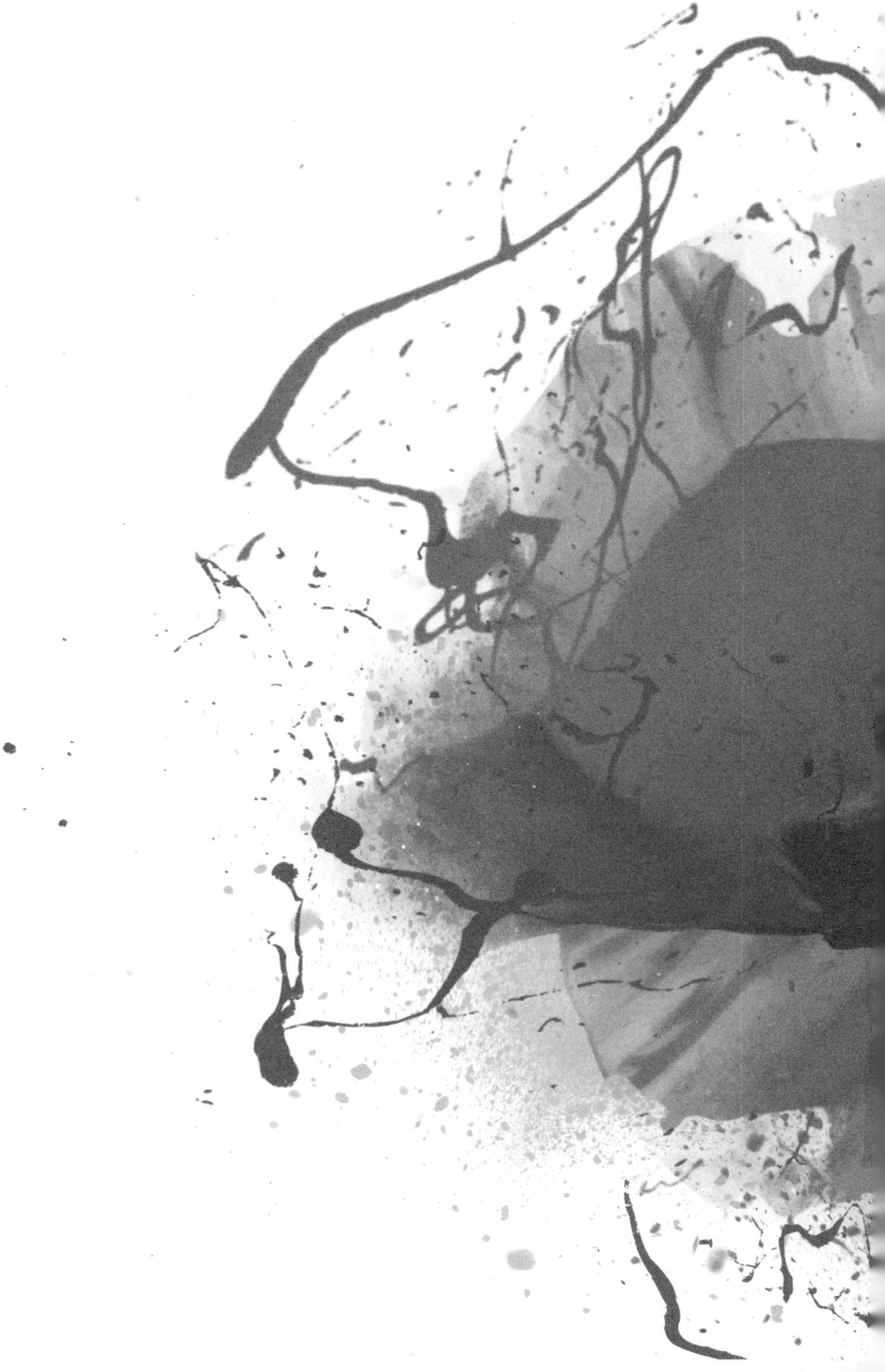

10

Hari continuava em processo de tratamento, ainda viciada na Poppy, assim como eu, mas não pensava mais em suicídio. Ela começou a dar um pouco mais de valor à vida do mundo físico. Foi nessa época que ela me convidou para conhecer sua comunidade.

Nós agendamos a minha visita para um domingo à tarde, em setembro de 2057. E, por coincidência, exatamente nesse dia, logo pela manhã, as agências espaciais que monitoravam o Sol anunciaram que uma ejeção de massa coronal atingiria a Terra em dois dias. Segundo os cientistas e astrônomos, os satélites teriam que fazer uma manobra, fechar-se e desligar-se por um tempo, para não serem afetados pela tempestade solar. Isso provocaria um blecaute temporário, apenas durante a passagem da massa coronal. Mas foi o suficiente para os viciados em Cosmoppy entrarem em pânico devido à possibilidade de ficarem três dias sem conexão com a Poppy.

Não era um bom dia para sair de casa, estava chovendo, o céu estava escuro, havia uma grande agitação na Cosmoppy e a minha clínica estava lotada. Deixei tudo nas mãos de Ângela, a minha gerente desencarnada, e resolvi tirar um dia fora da Cosmoppy.

E justamente por haver a possibilidade de um blecaute temporário no período de mudança da comunidade nômade da Hari é que eu decidi ir até lá, mesmo debaixo de uma tempestade.

Hari me passou a localização, e fui seguindo o GPS da Poppy conectado ao meu cérebro. A colônia ficava realmente afastada dos centros urbanos, escondida no meio da mata densa. Havia muita lama na estrada de terra e alguns pontos de alagamento. Mas eu estava no meu jipe 4×4, e com ele não haveria barreira intransponível. Era uma aventura singular, tensa, real. Eu estava me divertindo, havia perigo real naquela aventura. Não era como na Cosmoppy, onde se a pessoa se machucasse até sentiria dor — bem mais fraca que na vida real —, mas estaria curada em poucas horas. A morte era impossível na Cosmoppy. Na vida física, havia aquela tensão constante do inesperado.

No local onde a comunidade nômade estava acampada havia mais de sete *motorhomes* estacionados e um ônibus velho. Devido à chuva, não vi ninguém ao léu, mas rostos por trás das janelas me observaram, curiosos e com certo medo.

Eu não sabia em qual *motorhome* Hari vivia, porém, antes de sair na chuva e bater na porta mais próxima perguntando por ela, uma mulher de aproximadamente 40 anos, de cabelo longo ondulado, alta e forte, correu na direção no meu jipe e bateu na minha janela. De início, fiquei assustada e com medo. Ela era forte, parecia estar brava.

Então, percebendo que eu estava assustada, perguntou alto para que eu pudesse ouvi-la:

— Você é a Ayla?

Abri a janela, sentindo a chuva fria molhar meu braço.

— Isso. Eu sou amiga da Hari.

— Você é louca por vir aqui debaixo dessa chuva, ainda mais depois do anúncio que fizeram sobre o tal blecaute. Pensei que você não viesse mais.

— Você é a Hari? — perguntei. Eu nunca tinha visto a imagem do corpo físico da Hari, só sabia que ela tinha 32 anos. Nunca tive curiosidade em saber como ela era fisicamente.

— Claro que não! Hari está na porcaria da Cosmoppy. Venha comigo, vou levar você até ela. Nós moramos juntas.

Peguei o meu guarda-chuva transparente e saí do carro. Ofereci dividir o guarda-chuva com a mulher ensopada, mas ela recusou.

— Já estou toda molhada — disse, andando rápido na direção de um *motorhome* azul-claro, adesivado com a frase "Uma vida sem Poppy é uma vida mais honesta".

Como eu já esperava, o lugar era pequeno e apertado. Tirei meu coturno sujo de barro e o deixei num canto. Havia uma dinete (mesa com bancos estofados que vira cama) logo na entrada, seguida da bancada da cozinha, então um gabinete de banho e uma cama de casal no fundo. Não vi ninguém além de mim e da mulher que foi me buscar no carro. Ela estava se secando com uma toalha que pegou no gabinete de banho.

— A Hari está ali — disse ela, apontando a cabeça para um compartimento tipo deck, acima da cabine de direção. A cortina estava fechada, por isso não notei que havia mais uma cama no *motorhome*. – Ela está naquela bosta da Cosmoppy, para variar. Nunca sai de lá e não gosta de ser interrompida, mas como você está aqui e veio debaixo dessa tempestade só para se encontrar com ela, acho justo eu chamá-la.

– Não precisa. Tenho a Poppy instalada no meu cérebro. Posso entrar na Cosmoppy e avisá-la que estou aqui. Acho mais educado dessa forma, não quero gerar transtorno. Pode ser que ela esteja trabalhando, tocando em algum lugar.

– Você não gera nenhum transtorno, pelo contrário. Não faz ideia de como somos gratas a você. Desde que a Hari começou a fazer o tratamento na sua clínica, tem melhorado muito. Começou a socializar mais no mundo real, está até sorrindo às vezes... e... Nossa! Eu nem me apresentei. Sou a Joana, amiga da mãe da Hari. Quer dizer, éramos amigas até ela se suicidar para viver inteiramente na Cosmoppy; como eu não me conecto com a Poppy, nunca mais a vi.

– É um prazer conhecer você – eu disse, enquanto estendia minha mão, que ela apertou com força. – É a primeira vez que conheço uma comunidade autossustentável. Sempre tive curiosidade de saber como era.

– Não sei se você pode nos ter como referência, pois são a Hari e a Eva, sua mãe, que nos sustentam, pagam os nossos alimentos, reparos e tudo mais. Nós não plantamos nosso próprio alimento ou coisa assim. Não somos autossustentáveis. Somos Eva-Hari-sustentáveis – ela riu. – Somos hipócritas, eu sei. Odiamos a Poppy, mas nossa sobrevivência vem dela. E somos nômades, como já sabe... Mas imagino que você não tenha vindo aqui por minha causa. Preciso ir ao *motorhome* da minha prima resolver uns assuntos. Vou deixar você e a Hari mais à vontade – disse, colocando a toalha sobre a cabeça. – Tem certeza de que não quer que eu a chame? – perguntou, antes de abrir a porta para sair.

– Tenho. Vou entrar agora mesmo na Cosmoppy e chamá-la.

– Tudo bem. Fique à vontade. Até mais – disse, batendo a porta e correndo com a toalha sobre a cabeça para se proteger da chuva.

Eu me sentei no banco estofado da dinete e me conectei à Poppy. Assim que entrei na Cosmoppy, percebi a agitação incomum. O mundo estava um caos. Pessoas em pânico, surtando, suicídios e anúncios por toda parte falando sobre o blecaute. A minha caixa de mensagens estava lotada. Havia centenas de mensagens holográficas de pacientes e funcionários. Mas se eu parasse para dar atenção às pessoas naquele momento, me perderia no tempo e esqueceria da Hari. Eu não podia esquecer que meu corpo físico estava no *motorhome* dela.

Consegui localizá-la. Ela estava tocando na entrada da estação de metrô mais movimentada de Volterra, cidade no norte italiano da Cosmoppy. Enviei uma mensagem holográfica urgente para ela, avisando que eu estava em seu *motorhome* e pedindo para ela sair da Cosmoppy e me encontrar no mundo físico. Ela só viu minha mensagem depois que terminou de tocar. Enquanto eu aguardava sua resposta, quase enlouqueci com tantas mensagens e informações de pânico.

"*A Poppy alerta a todos e pede ajuda, pois existe a ameaça de um possível golpe que poderá destruir a Cosmoppy*", essa era a notícia mais assustadora, como se não bastasse a tempestade solar que provocaria um blecaute.

Assim que Hari recebeu meu recado e disse que já estava saindo da Cosmoppy, eu me desconectei da Poppy, ainda sentindo a ansiedade e o medo de uma mudança drástica de vida.

Abri os olhos no mesmo instante em que Hari abriu a cortina do compartimento dormitório. Os olhos dela, arregalados, assustados, cor de âmbar, fitavam-me curiosos. Ela tinha o cabelo curto, pintado de rosa pastel, a pele branca, pálida, de quem nunca tomava sol; era muito magra, num nível de anorexia, e pequena como uma criança de doze anos. Mas ela já era adulta, tinha 32 anos.

— Pensei que não viesse mais por causa do anúncio do fim do mundo. Não acredito que você veio! — disse ela descendo a escada metálica. Usava uma calça legging preta e uma blusa de moletom velha, cinza. — Você é mais bonita que o seu avatar.

— Obrigada. Você também — falou de forma honesta. Apesar de o avatar da Hari ser exuberante, não chegava aos pés de quem ela era na realidade: um beija-flor de asas quebradas, frágil, doce, inofensivo, inocente. Eu amei aquela inocência doce que vi nos olhos dela. Era a mesma pureza que vi nos olhos do Haran.

— Não precisa mentir — disse e se sentou no banco da dinete. Ela parecia cansada por ter descido a minúscula escada. Eu estava sentada na frente dela, do outro lado da mesa estreita. — Tem muita gente literalmente se matando de tanto medo do apocalipse cibernético. Se eu não tivesse feito a terapia na sua clínica, seria uma delas... Eu já teria me matado. Então... obrigada, eu acho.

— Quando entrei na Cosmoppy para chamá-la, a Poppy disse que havia uma ameaça de golpe. Você sabe o que está acontecendo?

— Pois é! — exclamou, alarmada, arregalando os olhos. — A Poppy descobriu que o novo líder da China pretende se aproveitar do momento de vulnerabilidade dos satélites, durante a tempestade solar, para fazer um ataque cibernético com a intenção real de destruir os satélites e acabar com a Poppy.

A Poppy era o governo único mundial. Era ela quem comandava todas as nações, a economia e as pessoas. Pensar que um dia pudesse ser destruída era absurdo, porque ela parecia invencível, indestrutível e eterna. Era a deusa soberana do mundo.

— Isso tem cheiro de *fake news*. Não tem como a China destruir a Poppy. A China depende da Poppy. O mundo inteiro depende dela — refutei.

— A China não quer mais ser subordinada à Poppy, ela quer voltar a ser a nação soberana do mundo. Parece que faz tempo que o golpe está sendo armado contra a Poppy. Você acha mesmo que isso é impossível de acontecer? Tipo, a Poppy ser destruída? — perguntou Hari, esperançosa. A mãe e os irmãos existiam apenas na Cosmoppy. A destruição da Poppy significava nunca mais ver a família.

— Acho que a Poppy é mais poderosa e muito mais inteligente que a China — eu disse.

— Mas ela estará vulnerável durante a tempestade solar.
— É... não sei.
— Se a Poppy for extinta, será que a Cosmoppy também deixará de existir? O que acontecerá com os desencarnados que vivem lá?
— Eu realmente não faço ideia, mas sei que é a mente quem cria a realidade. Talvez a Cosmoppy já seja uma colônia espiritual e a gente nem saiba. Acho que ela vai continuar existindo, mesmo sem a Poppy como governante.
— Seria um caos a Cosmoppy sem a Poppy como governante — disse Hari, nervosa, apertando as mãos.
— O que você vai fazer se a Poppy for destruída? — perguntei, receosa.
— Tentar sobreviver. Você faz ideia do caos que seria? Quebra total da economia... Sem tecnologia, voltaríamos a viver como no ano 2000, na época em que o dinheiro era de papel. Seria um retrocesso muito grande. Imagine o desespero das pessoas por água e comida, um exército perdido e sem comunicação... Realmente, seria o fim do mundo.

Só naquele momento me dei conta de quão grave seria a situação. Minha vida mudaria completamente. Eu poderia perder toda a minha fortuna, o meu mundo na Cosmoppy, amigos queridos. Seria uma perda muito grande.

Sempre lutei contra a Poppy que provocou a onda de suicídios e dizimou um terço de toda a população mundial. Ela era a causa do alto índice de depressão, ansiedade, alienação e vícios. A Poppy provocava um atraso sem precedentes na evolução espiritual. Só que, naquele momento, senti medo. Medo de a Poppy ser destruída.

Eu não queria que ela fosse destruída. Percebi, com raiva de mim mesma, que, por mais que me julgasse capaz de ser independente da Poppy, eu era tão viciada quanto qualquer outro usuário. Eu era o pior tipo de viciado: o viciado hipócrita, que não assume o vício, mentindo para si mesmo ao dizer que, quando quiser deixar de usar a droga, conseguirá sem problema; mas isso não era verdade.

Tentei acalmar a Hari – e a mim mesma – dizendo como ela era privilegiada por morar naquela comunidade e que teria chance de sobreviver sem sofrimento.

– Você deveria vir com a gente – disse Hari. – Se a Poppy for mesmo destruída, você deveria vir morar com a gente. As casas dos ricos como você serão as primeiras a ser saqueadas na queda da Poppy.

Hari tinha razão. A minha melhor chance de sobrevivência seria me afastar dos grandes centros urbanos, viver numa comunidade já experiente em sobrevivencialismo.

Ficamos conversando sobre a possibilidade de eu ir morar na comunidade dela, então notei que ela começou a coçar o braço com muita força. Estava ansiosa. Eu sabia que ela estava se sentindo incomodada, desesperada para voltar para a Cosmoppy. Era um momento crucial. Eu precisava a ajudar antes que ela caísse em desespero. Coloquei minha mão sobre a dela.

– Hari – disse, para chamar de volta a atenção dela que parou de coçar o braço e recolheu a mão, assustada. Ela não devia estar acostumada ao toque físico, que era completamente diferente de um toque holográfico com sensores artificiais. No toque físico, havia uma eletricidade magnética; uma troca profunda; sensações verdadeiras, e não fabricadas; havia a bioquímica entrando em combustão no organismo; havia a produção de ocitocina, o hormônio do amor, que é estimulada com o contato físico; havia o feromônio no ar; havia aquilo que é verdadeiro e honesto; havia a nossa natureza compartilhando uma intimidade profunda que chegava a ser assustadora. Eu também senti a eletricidade no toque. Eu também recolhi minha mão, constrangida, confusa, assustada.

– Eu preciso voltar para a Cosmoppy. Desculpe, Ayla, mas eu preciso voltar para lá, agora.

– Não, Hari, você não precisa. Por favor... não. Fique mais um pouco. – O meu coração batia acelerado. Eu queria que ela ficasse, queria a presença dela. Eu precisava dela tanto quanto ela precisava de mim.

– Ayla... eu... não sei fazer isso neste mundo.

– Isso o quê?

– Relacionamento.

– A gente aprende juntas. Por favor, Hari...

– Eu não gosto disso que estou sentindo – disse e voltou a coçar o braço, tendo falta de ar em seguida. Ela estava tendo uma crise de ansiedade.

Sem pensar, eu me levantei de onde estava, me sentei ao lado dela e a abracei com todo o meu amor. A acolhi e a protegi como se estivesse segurando um beija-flor delicado de asas quebradas. O cheiro dela era bom, reconfortante, familiar. O toque, a ocitocina, o abraço... me davam medo, eram estranhos, assustadores, mas eram bons.

Hari foi se acalmando, e os braços esqueléticos dela abraçaram o meu pescoço. Senti um arrepio na nuca, e ela começou a chorar como uma criança. Eu acariciei as costas dela, para ela se sentir acolhida e saber que não estava sozinha. Eu me sentia acolhida. Ela chorou por um tempo. Eu sabia como ela se sentia. Já estive naquela vulnerabilidade e fragilidade. O amor que eu sentia pela Hari era tanto que eu não queria mais soltá-la. Comecei a apertar a Hari com mais força, num instinto inconsciente de protegê-la.

– Ayla, você está me esmagando – disse ela, com a voz sufocada.

– Desculpe – falei, soltando-a. – Você se sente melhor?

– Eu me sinto fraca. Fraca até mesmo para chorar – disse, envergonhada, se afastando um pouco de mim.

– Que bom. Ainda temos muita coisa para conversar. E o principal motivo de eu ter vindo até aqui foi para ouvir você tocar violino. Lembra? Você ainda me deve isso. – Eu me levantei para dar espaço a ela e me sentei do outro lado da mesa.

– O mundo está acabando e você quer me ouvir tocar violino?

– Adoraria assistir ao fim do mundo ao som de uma boa música. Eu me recuso a me descabelar de medo, infeliz com as coisas que fogem do meu controle. É libertador aceitar as coisas como são – disse, tentando convencer a mim mesma. – E então? Cadê o violino?

– Tudo bem. Eu lhe devo essa – disse, levantando-se com dificuldade. Sua fraqueza muscular me preocupou. Subiu a escada metálica, pegou o violino e desceu, exausta, como se tivesse corrido uma maratona. Voltou a se sentar, ajeitou o violino no ombro, fechou os olhos, respirou fundo e começou a tocar uma música que eu já conhecia:

Moonlight Sonata, de Beethoven. Mas ela tocava com a alma, e eu sentia aquela melancolia nas entranhas do meu ser. Toda dor, todo sofrimento, toda angústia eu sentia, como há tempos não havia sentido. Hari era uma incrível artista. Lágrimas escorriam no meu rosto sem que eu pudesse controlar. Eu estava entrando no mundo íntimo da Hari, naquele espaço que era só dela, mas que também era meu. Era familiar. Hari era eu, vivendo outra experiência, mas era eu. Sei, pois me conheço. Conheço Hari, pois sei quem sou.

Ela parou de tocar, parecia muito cansada. Eu aplaudi e agradeci.

– Agora eu preciso ir – disse ela. – Preciso voltar à Cosmoppy. – E se levantou com dificuldade.

– Hari, eu não quero que você volte a entrar na Cosmoppy. Aquele mundo não faz bem a você. A Cosmoppy vai continuar anestesiando a sua alma enquanto você definha até a morte. Por favor, não entre mais lá – implorei.

– Você não tem esse direito. Se foi para isso que veio, perdeu o seu tempo, Ayla – disse ela, sem força na voz.

– Eu quero ajudar você!

– Por quê? Para quê? Por que eu, Ayla? Você tem centenas de pacientes... Eu queria que você se orgulhasse de mim, mas não tenho forças para viver neste mundo. Olhe para mim – disse ela, colocando o violino na mesa e abrindo os braços –, eu já estou morta, não vê? Só se esqueceram de me enterrar. Eu não quero morrer aqui e ir sabe-se lá para onde após a morte. Quero desencarnar quando estiver na Cosmoppy, lá é meu mundo, não aqui.

– O seu mundo é aqui, Hari, não se iluda. A Cosmoppy

está definhando não só seu corpo físico, mas também sua alma, sua essência, a sua natureza. Está destruindo você enquanto a anestesia com uma ilusão. A Poppy amortece a sua existência enquanto suga a sua alma, ela se alimenta da alma das pessoas como uma vampira sedutora e fascinante. Ela é o auge da decadência humana.

— Chega! Que sugue a minha alma, eu não me importo. Eu não quero viver neste mundo físico, não entende? Eu já desisti de viver aqui faz muito tempo, só não tive coragem de cometer suicídio porque sou uma covarde fraca. Escolhi definhar até a morte, e assim será. Eu não quero mais a sua ajuda. Vá embora.

— Eu não vou desistir de você, Hari. Nunca. Jamais!

— Vá embora, Ayla!

— Eu nunca vou desistir de você! – disse com todo o fervor, com todo o meu coração, e as lágrimas voltaram a escorrer no meu rosto.

— Vá embora! Deixe-me em paz!

— Não!

— Eu odeio você, Ayla. Odeio! – conseguiu gritar, apesar da fraqueza.

— Eu amo você, Hari! Amo você com todo o meu coração. E eu nunca mais vou abandoná-la.

— Você é ridícula! Uma riquinha carente, mimada, achando que pode salvar um defunto. Você é arrogante, prepotente, estúpida... Por favor, Ayla, vá embora – disse, sem forças para vociferar.

Aquilo me feriu. Foi como uma facada nas costas. Mas a dor era por não conseguir salvar a Hari. Somente ela poderia se salvar. E ela não queria. Aquilo doía em mim.

Caí em prantos bem na sua frente, revelando toda a minha derrota. Envergonhada, saí correndo do *motorhome*, sem sapato, sem guarda-chuva, sem sentido de direção. Só corri. Tropecei e caí na grama enlameada. A chuva estava intensa e me impedia de ver onde estava o meu carro. Eu me levantei e olhei ao redor, tentando me localizar; vi uma cachoeira feroz, um rio agitado, árvores... Então vi Hari vindo na minha direção, molhada, descalça, cambaleando, com a mão no coração.

Corri em sua direção e a alcancei segundos antes que ela caísse no chão. Eu a segurei nos meus braços.

– Eu odeio você – disse ela, sem fôlego.

– Você veio atrás de mim só para dizer que me odeia? – perguntei, irritada.

– Eu odeio... porque eu a amo, Ayla. Eu não quero que você desista de mim. Eu odeio amar você. Você está virando o meu mundo de ponta-cabeça. Eu odeio isso. Eu odeio... Desculpe, eu não queria fazer você chorar. – E começou a chorar.

Eu a abracei. Ela tremia de frio e fraqueza. Levei-a de volta para o *motorhome*, a ajudei a se sentar no banco da dinete e peguei uma toalha no gabinete de banho para cobri-la. Com um pano de prato que estava na bancada da cozinha, comecei a me secar. Nesse instante, Joana e outra mulher entraram no *motorhome*.

– O que foi que aconteceu? O que você fez com a Hari? – perguntou Joana com raiva, olhando para mim.

– Ela não fez nada – disse Hari. – Não brigue com a Ayla – falou, brava, me defendendo com a pouca força que lhe restava. – Fui eu. A culpa foi minha.

– Hari precisa de atendimento médico. Ela não está

bem – eu disse, preocupada, olhando para a Joana.

– De que adianta? Ainda mais agora – disse Joana.

– Eu vou levá-la comigo. Ela vai receber tratamento no melhor hospital de São Paulo, não posso deixá-la aqui definhando até a morte – eu disse, decidida, me aproximando da Hari para pegá-la pelos braços e levá-la comigo.

– Não – disse Joana, segurando meu braço. – Sei que sua intenção é boa, mas não é o momento certo. Daqui a dois dias a cidade vai virar um campo de guerra. Queremos estar longe daqui quando isso acontecer.

Jordana, uma mulher musculosa, morena, de cabelo crespo, em pé, ao lado de Joana, disse:

– Acabamos de fazer uma reunião, decidimos partir amanhã de manhã, bem cedo. Vamos nos afastar ainda mais dos centros urbanos antes que o caos se instale. É melhor prevenir do que remediar. As primeiras vinte e quatro horas após uma catástrofe global são cruciais para a sobrevivência. Temos que agir rápido. Não podemos esperar.

– Eu não posso... não posso deixar a Hari. Ainda mais agora – eu disse, agoniada.

– Venha com a gente – pediu Hari. – É mais seguro para você vir com a gente. Por favor, Ayla! Venha com a gente.

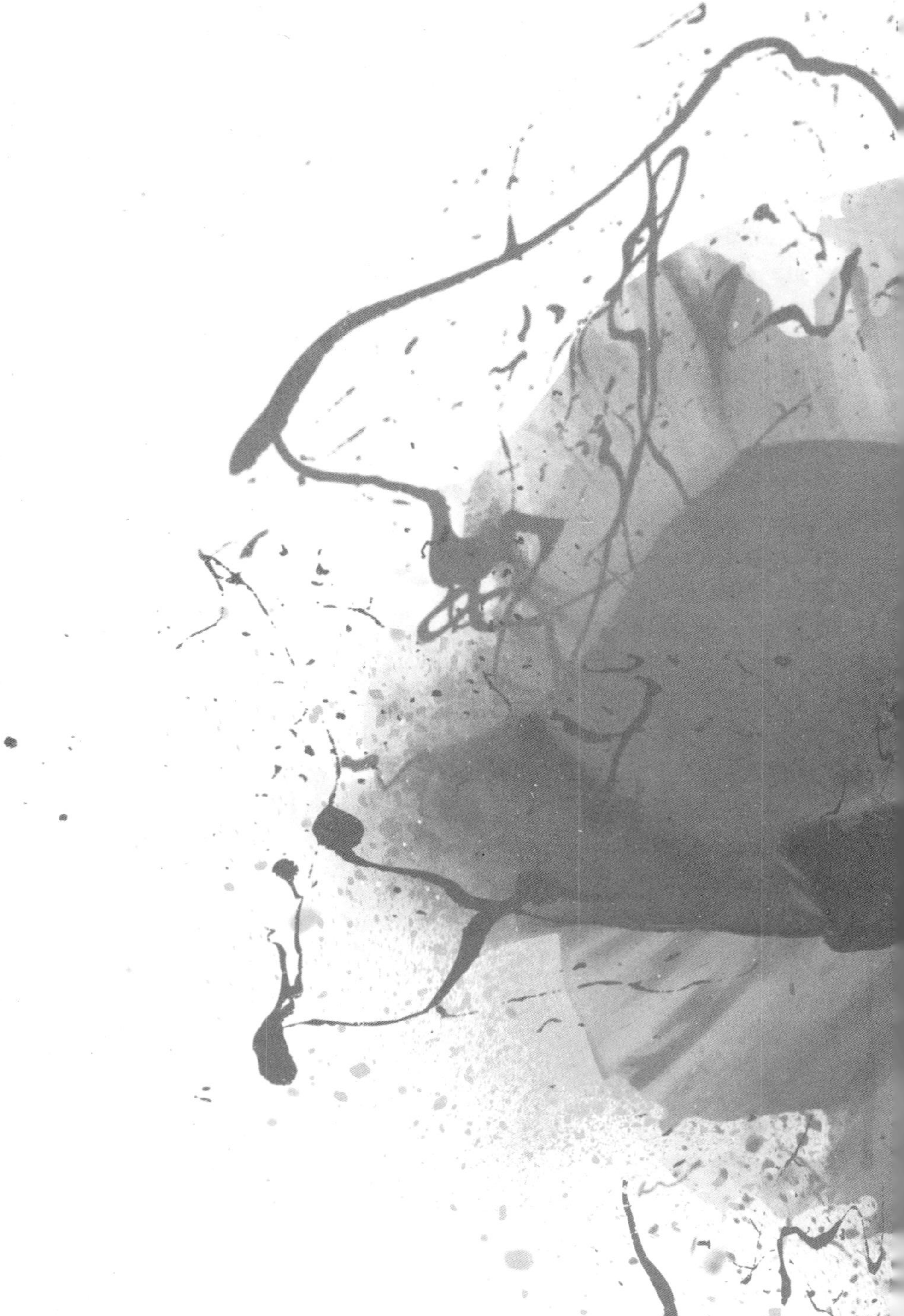

11

Naquele mesmo dia, as mulheres da comunidade nômade Sagrado Feminino se reuniram novamente; eu e Hari também estávamos presentes. A reunião aconteceu no maior *motorhome* do acampamento, que era um ônibus antigo transformado em casa. Mesmo sendo um ônibus, parecia apertado com tantas mulheres espremidas no sofá, algumas sentadas na bancada da cozinha, nos bancos da dinete, e eu e Hari sentadas na cama. Devido à chuva, as janelas estavam fechadas e embaçadas, estava abafado. As claraboias não davam conta de circular o ar do pequeno espaço lotado. Não havia nenhum homem naquela comunidade. E eu não vi razão para questionar o motivo.

Elas me aceitaram na comunidade. Os votos foram unânimes. Todas me abraçaram e me deram boas-vindas. Senti naquele momento que eu estava ganhando uma família, uma família de verdade, como eu nunca tive. Sabia que estava fazendo a coisa certa.

Solange se colocava como a líder da comunidade. Era uma mulher forte, analítica, sensata, centrada e muito calma e ponderada. Justa, correta e amorosa. Estávamos nas mãos de uma boa líder, que sabia ouvir a todas sem impor suas regras.

— Todas nós temos tarefas e obrigações na nossa comunidade, inclusive a Hari, apesar da doença — disse Solange, para mim em especial. Supus que a doença à qual ela se referia era o vício em Poppy, que resultava numa fraqueza debilitante. — O trabalho de Hari e da mãe dela, Eva, é na Cosmoppy. E é o dinheiro delas que nos sustenta. Mas há tempos nos sentimos incomodadas com essa situação, dependendo de duas mulheres que nos sustentam graças ao vício em Poppy. Isso precisa acabar. Queremos a autossustentabilidade total, e isso não é de hoje, mas, agora, devido à possibilidade de um blecaute ou mesmo da quebra do sistema Poppy, nossa independência se faz urgente. Foi por isso que decidimos nos unir a uma comunidade autossustentável com residência fixa em Alto Paraíso de Goiás. Uma grande comunidade, com homens, mulheres e crianças. Eles já têm um sistema de plantação para produção de alimentos, com uma sociedade bem organizada. Chegando lá, teremos muito trabalho pela frente, muito o que aprender com eles. Se tudo der certo, faremos residência permanente em Alto Paraíso. Pretendíamos sair amanhã bem cedo, porque temos pressa, mas como você agora fará parte da nossa comunidade, Ayla, teremos que lhe dar um tempo para sua mudança, mas não podemos esperar muito. Eu lamento, mas você terá apenas 24 horas para arrumar suas coisas antes de partirmos.

A minha formação acadêmica era em psiquiatria, ou seja, eu era médica, e meu trabalho seria ser médica e terapeuta na comunidade nômade do Sagrado Feminino.

Elas gostaram muito disso, pois só havia uma curandeira no grupo, e ela não tinha formação médica. Era uma enfermeira especializada em ervas medicinais. Mesmo assim, eu sabia que tinha muito mais a aprender com a curandeira do que ela comigo. O nome dela era Kátia, e nós trabalharíamos juntas.

Descobri que havia cinco mulheres no grupo que sempre andavam armadas; duas delas já haviam sido do exército e as outras tinham treinamento de sobrevivencialismo. Elas cuidavam da segurança, e realmente me senti mais segura quando soube disso.

Desde a minha chegada à comunidade, eu e Hari não voltamos à Cosmoppy. Fizemos um juramento mútuo, e quando não era eu ao lado dela para a ajudar nos sintomas de abstinência, era a Kátia ou a Joana. A minha abstinência foi mais leve: dor no corpo, suor intenso, ardência nos olhos, falta de ar... mas nada que fugisse do meu controle, pois eu tinha a Sol. Cada vez que as coisas pareciam fugir do controle, eu dizia as palavras mágicas "revele a origem" e imediatamente recebia a ajuda da Sol.

No dia seguinte à reunião, pela manhã, fui para São Paulo de táxi e comprei um *motorhome* pequeno, 4×4, seminovo, com placas solares de última geração e motor movido a água. Já saí dirigindo. Fui até a minha casa e peguei tudo que tinha de valor e cabia no *motorhome* – além de roupas e, principalmente, alimentos. Deixei toda a tecnologia para trás. Joguei no lixo duas caixas cheias de colírio Poppy.

Depois de abastecer meu *motorhome* com mantimentos, segui ao encontro da comunidade, que me aguardava em um local estratégico na Rodovia Raposo Tavares. Teríamos que viajar um longo percurso por grandes rodovias até pegarmos estradas mais isoladas. O nosso destino era Alto Paraíso de Goiás. Seria uma longa jornada, sem paradas para descanso. Eu e Jordana, a namorada da Joana, fomos revezando na direção. Na verdade, Jordana dirigiu a maior parte do trajeto. Apesar do cuidado que sempre tive com o meu corpo físico, que passava muitas horas sentado enquanto a minha mente estava na Cosmoppy, eu não tinha muita resistência física. Era bem melhor que a de Hari, mas não era grande coisa.

Hari escolheu seguir viagem comigo. Quando eu não estava dirigindo, ficávamos sentadas na dinete, conversando ou praticando AlphaHealing para diminuir a nossa abstinência de Poppy. A terapia foi essencial para nós durante aquele período.

A viagem durou mais de vinte horas. Conseguimos chegar a um local muito isolado, próximo a um rio de água translúcida, a dois quilômetros de distância da comunidade autossustentável que nos ajudaria.

Chegamos exaustas pela manhã. Eu não tinha mais forças para nada. Eu e Hari fomos dormir enquanto as outras preparavam o acampamento, enviando drones para avaliar a região e estabelecer estratégias de segurança, higiene sanitária, determinar os espaços de plantio e outros detalhes. Todos estavam trabalhando, exceto eu e Hari.

Fiquei envergonhada e triste ao notar o quanto o meu corpo estava fraco. Eu queria ter forças para ajudar, mas me vi numa posição não melhor que a de Hari. Eu era quase tão viciada quanto ela. Precisava priorizar a minha saúde e a saúde de Hari. Eu devia isso a ela, ao Bernard, ao Haran, a mim mesma. Salvar Hari significava a minha salvação, a salvação da Sol.

Era triste para mim e para Hari abandonar a vida e as pessoas que amávamos na Cosmoppy, mas não havia outra forma. Ou nunca mais entrávamos na Cosmoppy ou jamais nos libertaríamos do vício em Poppy. Eu pensava o tempo todo na Ângela, a minha gerente, nos meus pacientes, nos meus amigos da Cosmoppy. Não consegui salvar todos. A escolha foi deles, não minha, por isso me sentia livre de culpa, mas não da tristeza que eu sentia por eles e pelos meus pais.

Acordei com Jordana me chamando, chacoalhando o meu ombro. Hari continuava dormindo pesado ao meu lado.

— Você precisa ir lá fora. Agora. Você precisa ver! — disse ela, animada. Sem esperar a minha resposta, ela saiu rapidamente. Eu me levantei, sentindo uma vertigem comum de quem dormiu demais. Já era noite. Calcei um chinelo e saí depressa. Hari continuou dormindo profundamente. O chá de passiflora que Kátia nos deu de manhã realmente funcionou para nos apagar.

Todas estavam reunidas na beira do rio, olhando para o céu, além das montanhas. Logo vi, assim que saí do *motorhome*, uma magnífica aurora boreal, de um verde resplandecente que dançava no céu. Nunca havia visto nada tão belo, nem mesmo na Cosmoppy. Sem contar que havia um magnetismo na atmosfera, uma energia vibrante que fez arrepiar os pelos do meu corpo. Estava acontecendo, o mundo antigo estava deixando de existir, eu sentia em cada célula do meu corpo.

Minha intuição estava correta. Naquele momento, enquanto admirávamos extasiadas a bela aurora boreal no céu limpo de Alto Paraíso de Goiás, no auge da tempestade solar, uma guerra mundial se travava: todo o poderio bélico da China estava contra o resto do mundo, que lutava para defender a Poppy. Mísseis eram lançados no céu, alguns com a intenção de atacar satélites e outros tantos na intenção de protegê-los. Mas não foi isso que destruiu a Poppy, e sim um grupo de hackers asiáticos – japoneses, chineses, coreanos e vietnamitas – que se aproveitaram da vulnerabilidade do sistema, se infiltrando nele e o destruindo de dentro para fora. Foi assim que o dragão devorou a águia Poppy.

A Terceira Guerra Mundial foi a guerra mais curta que existiu, durou menos de vinte quatro horas. A Poppy foi destruída graças à ajuda do Sol. Não havia mais Poppy nem qualquer sistema financeiro.

Milhares de viciados em Poppy, no desespero de não querer viver fora da Cosmoppy, cometeram suicídio. Foi a primeira guerra sem nenhum ataque a civis. Apesar disso, mais civis morreram em uma hora de guerra do que no primeiro ano inteiro da Guerra do Vietnã.

Hari acordou e se viu sozinha, ela se levantou e seguiu se arrastando, sem forças, para fora do *motorhome*. Parou na porta, maravilhada com a estupenda aurora boreal. Andou com dificuldade até onde estávamos e parou ao meu lado, apoiando a mão no meu ombro, sem tirar os olhos do céu.

– É tão lindo – disse, estupefata.

– Consegue sentir? – perguntei.

– Consigo. Tem algo eletrizante no ar.

– Teremos muito trabalho pela frente. Precisaremos construir um novo mundo.

— Será que ainda existe esperança de um bom futuro para a humanidade?

— Eu já estive no futuro. Vi a beleza, o equilíbrio, o amor no olhar de todas as pessoas, a paz... É o nosso futuro. E estaremos sempre juntas, Hari. — Nós nos abraçamos. E aquele abraço de puro amor fez o tempo parar.

⁂

Quando abri os olhos, me lembrei de quem eu era. Eu sou a Sol. E todas essas memórias são minhas.

Haran me olhava com tanto amor que aqueceu o meu coração de alegria. Estávamos no campo de papoulas, sentados em posição de lótus e de mãos dadas. O sol se punha no horizonte. Nunca senti tanta paz.

— Parabéns, Sol. Você está pronta — disse Haran. Ele se referia ao teste psicológico necessário para provar a minha aptidão para tripular uma imensa nave da Confederação Galáctica Estelar.

Era o meu grande sonho tripular a nave Shandi11, da Confederação Galáctica, que, em breve, sairia numa missão muito especial: resgatar os exilados da Terra que viviam no planeta Tamas, na constelação de Drovor. Seria uma grande oportunidade para ajudar aqueles que outrora não pude. E não existia nada que me deixasse mais feliz do que servir à Fonte Criadora ajudando aqueles que aceitavam a minha ajuda. Pensei nos pais de Ayla, nos amigos dela e nos pacientes que foram exilados da Terra. Jamais desistirei das pessoas que amo. Só estava esperando o momento certo. O amor é o propósito da existência.

Esperança. Sempre há esperança enquanto houver amor. A salvação só existe no Amor Incondicional.

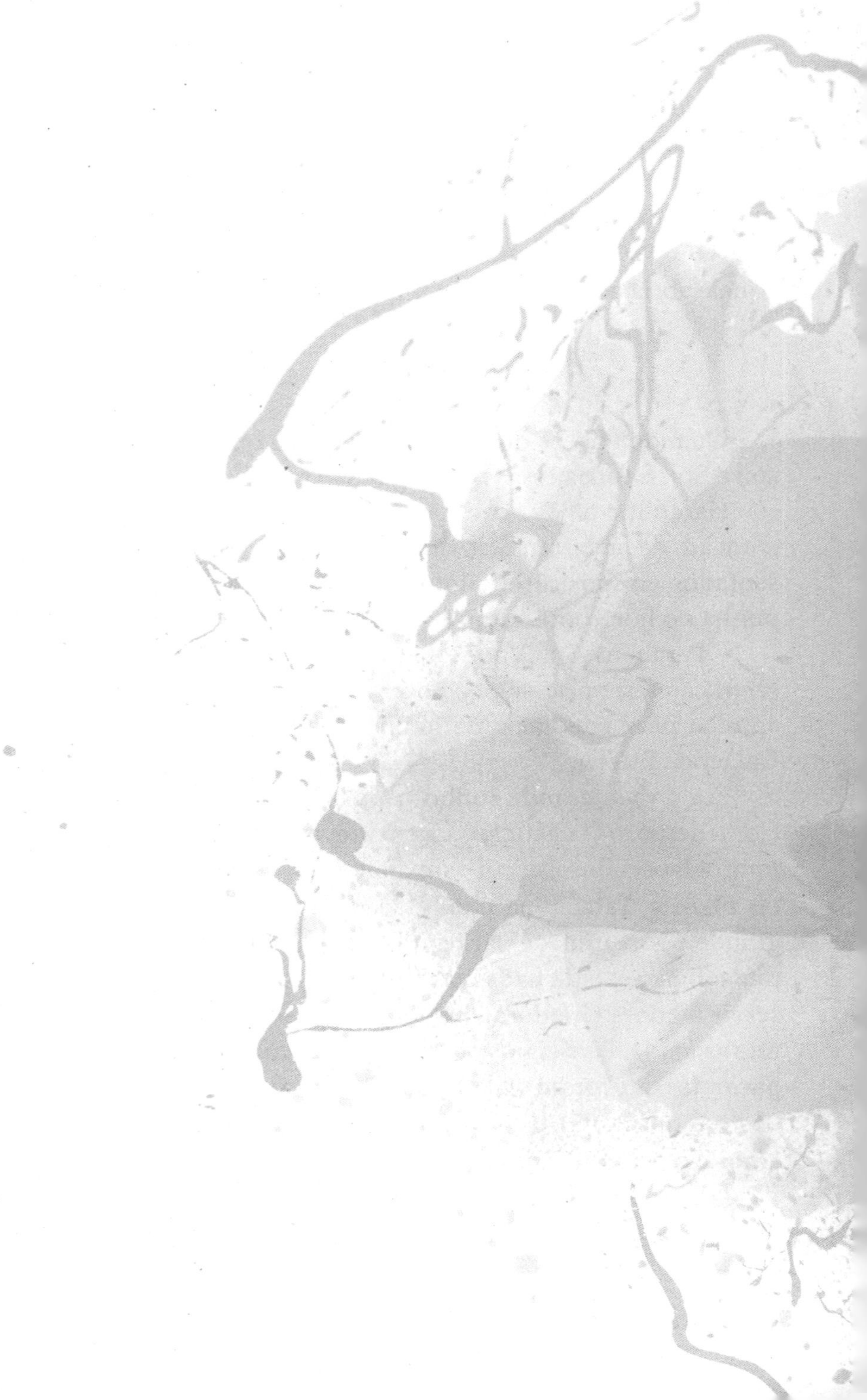

NOTAS HISTÓRICAS SOBRE A GRANDE QUEDA DE 2057

O estudo mais recente realizado pelo pesquisador e historiador doutor Armando Vidal, da Universidade de Antäris, da Mandala de Orix, foi capaz de revelar o que de fato aconteceu com os habitantes da Cosmoppy após a queda da Poppy, no Kin 169 de 2057. Utilizando a recente tecnologia CTD (comunicador transdimensional), que nos permite contatar outras dimensões e o plano espiritual, foram coletadas inúmeras informações e dados com os seres do quinto plano dimensional, bem como com um gato chamado Venceslau, da terceira dimensão existencial. Venceslau nos cedeu as memórias que ele coletou de uma mulher chamada Ayla, que viveu no período da queda, em 2057.

Para certificar a veracidade das informações coletadas, doutor Armando Vital utilizou o método do determinismo analítico somado a cálculos Fibonacci.

Segundo o artigo científico publicado pelo doutor Vital, a margem de erro das informações coletadas é de 0,93%, muito baixa para os padrões normais.

De acordo com as informações transmitidas pelos seres inteligentes do quinto plano dimensional, a queda da Poppy ocasionou uma brusca ruptura na linha de realidade dos *Homo sapiens sapiens* da Terra, separando definitivamente os desencarnados presos na Cosmoppy da egrégora do planeta Terra. Duas realidades se separaram completamente. Os humanos desencarnados que eram habitantes da Cosmoppy romperam definitivamente a conexão com o planeta Terra.

Setenta e duas horas após a queda da Poppy – na contagem de tempo do planeta Terra –, a Cosmoppy foi resgatada pela Confederação Galáctica Estelar, sendo encapsulada e englobada pela nave de exílio número 666.

Os habitantes da Cosmoppy seguiram a vida sem a menor consciência de que estavam sendo exilados para o planeta Tamas, na constelação de Drovor.

A viagem de exílio durou cento e nove dias (na contagem cronológica da Terra). Ao chegarem a Tamas, a Cosmoppy foi conectada à consciência desse planeta, o que só foi possível pelo sincronismo das frequências eletromagnéticas entre os habitantes da Cosmoppy e o planeta Tamas.

Uma vez conectados ao planeta Tamas, os habitantes da Cosmoppy contraíram rapidamente uma doença degenerativa. Para o espanto e pânico deles, a doença era fatal. Aqueles que adoeciam, morriam, deixando de existir na Cosmoppy. Essa foi a única forma que os engenheiros genéticos da Confederação Galáctica Estelar encontraram para libertar os espíritos presos ali, que foram recolhidos por hospitais espirituais de Tamas. Os seus corpos etéricos foram refeitos para o encarne no planeta Tamas.

Gostaríamos de lembrar que não há injustiça nas Leis Universais, que são perfeitas. Cada um colheu de acordo com as próprias escolhas. A intervenção feita pela Confederação Galáctica Estelar utilizou a lei da misericórdia para ajudar os habitantes da Cosmoppy, que, caso permanecessem por longo tempo presos às ilusões e consumidos pelas próprias sombras, teriam a alma transformada em ovoides e perderiam completamente a consciência.

O transumanismo tecnológico ocorrido no planeta Terra, implantado pela forma-pensamento Poppy, é um dos registros mais importantes de experimentos galácticos. Foi um método genial e muito eficaz de teste. Sem dúvida, a maior prova pela qual a humanidade já passou. Tal evento separou de forma rápida e perspicaz espíritos maduros e fortes dos imaturos e fracos que se apegaram ao entorpecente Poppy e à inércia evolutiva.

A queda da Poppy é um ótimo exemplo de como a natureza é genial e perfeita. A forma-

-pensamento inteligente Poppy foi criada pelas mentes-pensamentos dos viciados na droga Poppy, feita à base de *Papaver rhoeas L.* (papoula--flor-vermelha).

A maioria dos humanos da Terra utilizou o poderoso princípio ativo da *Papaver rhoeas L.*, bem como da tecnologia, de forma imatura e estúpida, como fuga dos problemas, anestesiando as dores da alma, estagnando a própria evolução, entrando numa inércia densa alimentada por ilusão e paranoia. Como nada permanece estagnado por muito tempo: a Poppy só se manteve ativa por dezessete anos, de 2040 a 2057, o período necessário para cada pessoa ter a chance de fazer a própria escolha. Foi a colheita de última hora.

O dia seguinte à queda da Poppy, assolado pelo blecaute completo das redes de comunicação no mundo, ficou conhecido como "O dia em que a Terra parou".

Após a passagem da tempestade solar que provocou o blecaute, alguns satélites voltaram a funcionar, porém não havia mais possibilidade de conexão com a Poppy. Só foi possível fazer conexão com uma simplória plataforma de navegação acessada pela Poppy. Não existia mais o ecossistema virtual Cosmoppy.

Incapazes de viver sem a Cosmoppy, os viciados em Poppy que continuaram fazendo uso da droga entraram no desespero da abstinência, e o caos se alastrou nas grandes cidades, com rebeliões e guerras locais. Foram necessários quatro meses até os exércitos e a polícia voltarem a controlar a situação, impondo a ordem. A partir daí, nasceu uma conscientização na sociedade sobre o perigo da dependência gerada pela Poppy, visto que as comunidades autossustentáveis não foram prejudicadas pela queda da comunicação geral. A autossustentabilidade e a independência de tecnologias passou a moldar uma nova consciência na humanidade, levando ao que existe hoje.

As leis da evolução e da impermanência se apresentaram como um grande sofrimento para os humanos da Terra que estavam apegados às zonas de conforto, numa alegria fugaz que anestesiava a mente, calava a alma, amortecia o coração e nutria as próprias sombras. O que receberam como golpe foi que não há como ir contra as leis evolutivas do universo.

A necessidade de entorpecentes da mente e o apego a eles provavelmente continuará sendo um problema para os exilados da Terra, que agora habitam o planeta Tamas, até que amadureçam e aprendam, com a experiência, que não há outra forma de salvação a não ser aprender a amar incondicionalmente a si e a todos. É preciso amar para ser amado. É preciso perdoar para ser perdoado. É morrendo que se vive a vida eterna. Quando estiverem prontos, poderão voltar para a Terra.

Compartilhando propósitos e conectando pessoas

Visite nosso site e fique por dentro dos nossos lançamentos:
www.gruponovoseculo.com.br

facebook/novoseculoeditora
@novoseculoeditora
@NovoSeculo
novo século editora

gruponovoseculo.com.br

Edição: 1ª
Fonte: Warnock Pro